はみ出し外資マンの邦銀買収

横田濱夫

角川文庫 12169

はみ出し外資マンの邦銀買収

目次

主な登場人物

マービン・バトラー／ホライズン・ステート・バンク・ジャパンの副社長。つぶれかかった日本の銀行を買収し、経営を立て直すため日本に送り込まれてきたアメリカ人銀行員。41歳。

ジョアン／アメリカに残してきたバトラーの妻。趣味のヒーリングが高じ、途中からなにやら怪しげな方向へ……。

コバヤシ氏／ホライズン・ステート・バンク・ジャパンの社長。長年欧米の銀行を渡り歩いてきたキレ者で、バトラーの上司にあたる。

エディ・パウエル／バトラーの同僚でマーケット統括役員。太っちょで、けっこういい奴。日本酒の好きな親日家でもある。

タケウチ女史／バトラーの有能な秘書。おばさんだけど、ちょっとオチャメ。

ニノミヤ／旧かみかぜ銀行の時からいる、典型的な旧人類型銀行員。得意技は根回しとゴマスリ。

ヨーコ／日本のＩＲ会社に勤めるバトラーの彼女。

クレア・ラッセル／ジョアンの母。いつも大袈裟に、夜中でも国際電話をかけてくる。

クリス／妻と共にアメリカへ残してきたバトラーの長女。歯列矯正をしている、かわいい9歳。

デイビッド／同じくバトラー家の長男。可哀そうに脱腸の気あり。7歳。

プロローグ

「最愛の妻、ジョアンへ
私が今、どこでこの手紙を書いているかわかるかい？　太平洋の上空。そう、日本に向かう飛行機の中で書いているんだ。

さっきの機内食はソテーだった。体調は良好だから安心してくれ。

もっとも、今からそんなことを言ってたんじゃしょうがないか。これから毎日、生魚を食わされるようになるかもしれないんだから。

スシ、トーフ、スキヤキ……。低脂肪のオリエンタルフードで、せいぜい健康になるさ。まあ最悪の場合、トウキョーにもマックやデニーズがあるって、先に送り込まれたエディ・パウエルも国際電話で言ってたし。

ほら、君も覚えてるだろ。七、八年前だったかな、ファースト・シカゴの時、一緒だったエディさ。資本市場部長のガーデンパーティーでマジックを披露した、あの赤ら顔の超太っちょ。いつも派手なサスペンダーをしてたっけ。

あいつも、その後コンチネンタルを経て、今の銀行にスカウトされてきたんだ。しかも同じ極東部門に。

これもなにかの縁かもしれない。日本なんてわけのわからない国じゃ、心強い助っ人だよ、まったく。

そんなことより、ジョアン、君を心から愛してる。しばらく会えないかと思うと、いっそうそのことを強く感じるんだ。

この前も話したとおり、トウキョーの住宅事情は、かなりひどいらしい。なんたってウサギ小屋だもの。それにマトモな医者も、いるんだかいないんだか……。

クリスやデイビッドの学校のこともある。

いやなに、ほんの少しの辛抱さ。またすぐ会える。そして家族一緒に、四人でマウント富士に登ったりして、オリエンタルな生活を楽しもう。

それまで君には負担をかけるけど、よろしく頼む。クリスとデイビッドという、かけがえのない私たちの宝のためにも。

ただし、くれぐれも無理はしないように。何か困ったことが起こったら、すぐに電話をくれ。時差なんて関係ない。夜中でもいっこうに構わないから。

昨夜の君は、いつもにも増して美しかった。改めて告白するよ。ジョアン、心から愛してる。地球上のすべての女性の中で、掛け値なしに君がいちばんさ。

その君を置いて、一人で日本に赴任するのはつらいけど、これも神様の与えた試練と思い、待っていてくれ。人間が住むに値する家と、英語の話せる腕のいい医者と、クリスたちの学校が見つかり次第、君たちを呼び寄せるから。

できれば隣のジョンソンさんの庭の、ローズマリーの花が咲かない頃までに……。

世界で一番君を愛してる男より」

「パパの自慢の娘、クリスへ
将来のミスUSA、おりこうさんにしてるかい？

この前注意した、ひざの大きなかさぶた、掻《か》いちゃダメだぞ。もうすぐきれいに治るんだから。

あと、矯正している歯のワイヤーも、気にして手でいじらないように。直に取れるまで、先生の言うとおりそっとしとくんだよ。

ボーイフレンドのタッドとは、仲直りできそうかい？

タッドのお誕生日プレゼント、クリスは金色のカエル型をしたパソコンマウスと、リスの餌《え》づけ箱と、どっちにしようかって迷ってたけど、パパは、リスの餌づけ箱の方がいいと思うな。その入り口のところに、コテでクリスとタッドの名前を焼き付けちゃうのなんか、すごくカッコいいと思わない？

でも、火傷《やけど》するといけないから、必ずママと一緒にやるように。ママに言って、暖炉でマシュマロを焼く時に使う鉄ばしを、熱く焼いてもらいなさい。

それとクリス、パパがいない間、ママの相談に乗ってあげてくれないか。

ママはパパがいなくなって、きっと寂しいと思うんだ。そんな時、クリスから優しい言葉をかけられたり、料理を手伝ってもらったりしたら、ママ、嬉《うれ》しくなって、クリスのほっぺに百万べんキスしちゃうと思うよ。

あと、もうひとつ。時々デイビッドの宿題も見てやるように。なんといっても、君の可愛《かわい》い弟は、まだ七歳なんだからね。ちょっと油断すると、すぐ歯磨もさぼるしさ。

クリスからの手紙、待ってるよ。パパも週末には電話する。

それじゃあ元気で。

愛するパパより」

「バトラー家のII世、デイビッド様へ

デイビッド、パパから君にお願いがある。

いいか、よーく聞いてくれ。これから書く三つについて、パパはデイビッドを『パパ代行』に任命しようと思ってるんだ。

さーて、まず一つ目。ビッキーの躾《しつけ》と世話は、今後君の仕事だ。

あの犬、時々悪い子になるだろう。芝を荒らしたり、カーペットを噛《か》みちぎったり。そんな時、デイビッド、ちゃんとお尻《しり》をスパンクするんだよ。見つけたら、その場でやんないとダメだぞ。ビッキーは私たちの家族の一員だけど、やっぱり犬は犬。厳しくしないと、すぐつけ上がるからさ。

二つ目。バックヤードのオレンジの実が落ちたのを拾うのも、君の役目だ。そのままにしておくと下で腐っちゃうし、そんなものを間違って絞って飲んだら、ママもクリスも病気になっちゃうだろう。家族を守る責任が、男にはある。そして君は、パパがいない間、我が家で唯一の男なんだから。

いいかい、毎日忘れずにやってくれよ。頼んだぞ。

そして最後、三つ目はというと、ドアに挟まっている郵便の取り込みだ。手紙やなにかがそのままになってると、泥棒が留守だと思って入ってきてしまう。だからこれは、簡単なようだけど、とっても大事な仕事なんだ。何があっても、絶対忘れないように。

さーて、以上の三つについて、パパは君を『パパ代行』に任命する。

もう一度言うけど、デイビッド、パパがいない間、ママとクリスをよろしく頼む。立派に守ってやってくれ。

男として君を信じているパパより」

よーし、まあこんなところでいいかな。

私はいったん万年筆のキャップを閉じると、折り畳み式の狭い机の上へ置いた。それからもう一度読み返し、封筒にウェストチェスターの住所とあて名を書く。ノリを舐《な》め、ちょうど封をしたところに機内アナウンスが流れてきた。

全然チンプンカンプンな言語（たぶん日本語か）の後に聞こえてきたのは、いかにも中華航空らしい、クセのある英語だった。

「ご搭乗のみなしゃま、まもなく当機は、到着目的地である羽田エアポートに着陸の予定です。現地の気温は二十三度、天候は晴れ……」

窓の外へ目をやる。すると、お、見えてきた。

白い雲の間から、眼下には紺碧《こんぺき》の海と、そこから続く緑の陸地。表面には、ところどころ山肌が黄緑色に削り取られた、無数のゴルフ場らしきものが広がっている。

あー、とうとう来てしまったか……。正直言って、それほど望んでもいなかった極東の国へ——。

私の名は、マービン・バトラー。アメリカの大手銀行「ホライズン・ステート・バンク」に勤める銀行員だ。歳は今年で四十一になる。

向こうでの肩書きは第二調査部のマネージングディレクター。シニアもつかなければ、ましてや経営執行役員でもなく、日本流に言えば、さしずめ「張り出し部長」といったところだろう。

アメリカの銀行組織は、日本と同様、大きくは支店と本部に分けられる。

支店の仕事というのは、要するにマクドナルドが、ハンバーガーの代わりにカネを扱っているようなものだ。すべての業務はマニュアル化され、それこそハイスクールのおねえちゃんでもこなせるようになっている。当然、そこで働く行員のステイタスは低く、給料も安い。

一方、本部の業務は多岐にわたる。特に我々のような、マネーセンター・バンクと呼ばれる大規模銀行ともなると、プロジェクト・ファイナンス業務から、外国為替などの国際業務から、機関投資家への営業業務から、株式引受などの投資銀行業務から、とてもひとことで言い表すのは無理なくらい範囲が広い。

でまた銀行ごとに、その得意分野が異なっている。例えばモルガン銀行の十八番はホールセール（法人や金融機関相手の大口取引）だし、スーパー・リージョナル・バンクと言われているネーションズの十八番はリテール（個人取引部門）……、といった具合だ。

いずれにしても、意思決定がトップダウンの米銀では、本部のつかさどる役割は大きく、それなりの人材も集まっている。

同時に、少人数で高収益をたたき出す、専門化された部門をかかえることから、総じて本部行員のステイタスは高い。ＭＢＡ（経営学修士）の資格を持ち、特に投資銀行部門では、年俸百万ドル（約一億二千万円）以上の奴《やつ》もゴロゴロいる。

私はその米銀本部の中で、決して下っ端というわけではないけれど、とびきりのエリートというわけでもない。なにしろ年俸三十八万ドル（約四千六百万円）の、「張り出し部長」なのだから。

そもそも、ほんとのエリートは、日本なんかに来やしない。わがホライズン・ステート・バンクに限らず、外資系はどこでも、出世コースは本国の本部かニューヨーク、ロンドンのシティと相場が決まっている。

つまり日本なんて、本国じゃ傍流の三流社員が送り込まれる、アラスカみたいなところなのさ。いや、密林のジャングルかもしれない。事実、銀行によっては、日本への赴任に「熱帯手当」なるものがつくこともある。

ま、そんなことはどうでもいい。いずれにしても、これから私には、日本での特命事項が待っているのだ。

特命事項とはすなわち、死に体寸前で安く買いたたいた、クズのような邦銀へ乗り込んでいって、米国流の効率的で競争力のある金融機関に変身させること。その中心はリストラだから、死刑執行人と言ってもいい。

バブル崩壊から十年以上も経《た》つのに、その間なんら不良債権問題を自力で解決できなかった無能な邦銀。最終的には公的資金投入という形で、お上《かみ》に尻拭《しりぬぐ》いしてもらうしかなかった子供のような経営者。その結果、国際競争力ゼロ、我々外資系の軍門《ぐんもん》に降《くだ》るしか道のなくなった、哀れな集団……。

銀行名はなんていったっけかな。たしか『かみかぜ銀行』とかいった。ゴッドブレスが吹くのを待ってるうちに、あえなく破《は》綻《たん》してしまったアホな銀行らしい。

乗り込むスタッフは、総勢四十二人。

主なメンバーは、他の大手米銀から引き抜いてきた日本人社長（ＣＥＯ）のコバヤシに、副社長（ＣＦＯ）の私、マーケット統括のエディ・パウエル、収益管理担当のマーク・ブランチャード、トレーディング部門のバスコ・ザビンスキー、法務担当のアルフレッド・ヤングといったところだ。

ほんとうはもう一人、私の他に副社長兼本部長（シニア・マネージングディレクター）がいるんだが、彼は常駐ではないので、あまり顔を合わすことはないだろう。

まずはリストラを推し進め、収益率を上げ、株価を高める。そして最終的には、日本の千四百兆円と言われる個人金融資金を、アホな邦銀どもや郵貯から、ごっそりアメリカ本国へかっさらう……。

そう、これから我々のやらなければならないことは、まさに目白押しだ。またそれこそが、我々〝駐留軍〟に課せられた使命なんだ！

さっきから飛行機は、左旋回を続けている。右側の窓から、今度は海岸線に沿ってコンビナートが見えてきた。

赤茶けた煙突に、あれは製鉄所だろうか。素っ気ない灰色の建物が続き、その向こうには巨大なガスタンク。コンクリートで固められた岸壁には、クレーンのアームが並んでいる。

気流によるガクンという軽いショックの後、さらに左へ旋回すると、またもや景色が変わった。

海岸沿いには、ホテルらしき綺麗《きれい》なビルが幾棟も建ち、遊園地も見えるぞ。海には大きな川が流れ込んでいる。

さらにその向こうには、うわあ、なんだこれは！　辺り一面、気持ち悪いほどゴチャゴチャした汚い街並み。木なんか一本も生えていない。こんなところに、はたして人間が住めるのだろうか？

上空のスモッグの先に目をこらせば、唐突に高層ビル群が現れた。街も空もすべて灰色。

そうこうする間にも、飛行機はどんどん高度を落とし、街の様子が手に取るように見えてきた。

無数のビル、道路、橋……。それらがびっしりと、まるでレゴ・ブロックのように、隙《すき》間《ま》なく地面を埋め尽くす。

ビルの間からは、二等辺三角形をした、やけに高いオレンジ色の鉄塔が突き出し、手前の海には、これから何を作ろうとしているのか、殺風景な埋め立て地が広がっている。

日本が初めての私には、なにもかもが新鮮な驚きだった。

(噂《うわさ》には聞いてたけど、なるほど、これがトウキョーか……)

頭上には禁煙と、シートベルト着用のランプがともったままだ。最終アナウンスとともに、モニターの画像が機外カメラに切り替わった。いよいよ着陸態勢に入るらしい。

ビルの群れがとぎれると、再度工場や倉庫が広がり、前方に滑走路が見えてきた。

そう、これから私は、得体の知れないこの国で、これまた得体の知れない人種「ジャパニーズ・サラリーマン」を相手に奮闘しなければいけないんだ。いったいこの先、どうなるんだろう……。

だけどなーに、ジョアン、クリス、デイビッド、パパは大丈夫さ。早く君たちを呼び寄せ、二年もしたら本社に栄転だ。

そしたらまた、みんなでアメリカに帰ろう。幸運を祈っていてくれ。

chapter 1　黒船来航

六月八日（到着）

「アー　ユー　Mr.バトラー？」

到着ロビーに足を踏み入れたとたん、茶色の背広を着た見ず知らずの中年男から、いきなり声をかけられた。

私がそうだと答えると、その痩《や》せぎすのメガネは、顔をくしゃくしゃにさせながら、

「オー　アイム　ニノミヤ。ウェルカム　トゥ　ジャパン！」

すると他の男たちも、

「ウェルカム！」

「オー　ウェルカム！」

口々に発しながら近付いてきた。と同時に、ぺこぺこ頭を下げ、右手を差し出す。

私は一瞬、これは集団詐欺の一種か？　と思って身構えた。ほら、よくあるだろう。アジアの貧しい国では、ストリート・チルドレンが外国人を狙《ねら》って、集団で窃盗を働くとい

うやつが。

だけど、私の名前を知ってるということは、もしかして……。

よく見ると、彼らの後ろにも、二十人もの背広姿の男たちが、「ウェルカム　Mr.バトラー！」というプラカードを手に手に掲げているではないか。どうやらほんとに私を出迎えてくれたらしい。

米国本社のチケットを手配してくれた担当者からは、そんなのひとことも聞いていなかった。旧かみかぜ銀行本店からそう遠くないホテルを予約してあるので、タクシーで直行しろと言われていたからだ。ちなみに出社は、明日で良いことになっていた。

英語の達者なニノミヤは、茶色の背広に包んだ体を折り曲げ、しきりと「長旅、お疲れでしょう」とか「ささ、荷物をお持ちしましょう」と声をかけてくる。その後を、二十人もの男たちがゾロゾロ続く。

それを見た他の客たちは、なんだろうという顔で振り向く始末。まったく、恥ずかしいったらありゃしない。

ニノミヤは、さかんに一人一人を、「こちらは××部の××です」「こちらは○○部の○○です」と私に紹介しようとした。当の紹介された男たちも、次から次へ自分たちの名刺を押しつけてくる。

慣れぬ風習に、私は最初から戸惑うばかりだ。

また、一度にそんなことをされても、こっちだって困ってしまう。相手の髪は、全員真っ黒だし、顔だって区別がつかないんだもの。

それにしても、みんな一様に肩書きが高い。平気で「取締役」だの「部長」だのといっている。

しかも、いろんな部門にまたがっていて、なんだか会社の主要メンバーが一堂に会してしまったかのようだ。

(まったくなにをやっているんだ、こいつらは。昼間から働きもせず……)

内心、そう思った。そんな無駄なことばかりやっているから、肝心の銀行の経営が傾いてしまうんだろーが！

だがまあ、今日のところは目をつむっといてやろう。どうせしばらくの間は、日本の世論やマスコミの反発を買わないため、表だったリストラはしないことになっている。とりあえずそうするよう、米国本部の方針で決まっているんだ。

だけど二年後には見ていろよ。大々的なリストラの嵐《あらし》が、オマエたち日本人社員を待ち受けているんだから……。

六月九日(初出勤日)

今、朝の九時半。帝国ホテルのスイートルームの中だ。

うーん、やっぱりホテルはいいや。英語は通じるし、余計な干渉をされずに済む。

ジャパニーズ柄の薄い着物「ユカタ」も気に入った。昨夜もやってみたけれど、もう一度鏡に向かって、空手のポーズをとる。スティーブン・セガールみたいで、なかなかカッコいい。

さてと、朝食はどうしよう。どこか外へ食べに出かけるか。それともめんどくさいから、ルームサービスで簡単なクラブサンドと、フレッシュジュースでも持ってきてもらうかな。

その前に、エディに電話してみよう。二か月前、一足先に日本へ乗り込んでいる、マーケット統括役員のエディ・パウエルだ。

手帳をめくり、控えてあった会社の番号を探す。えーと、なになに、03―5444―……。

ウヘッ、ヘンな番号。昨日、道路を走っているクルマのナンバープレートを見た時も、不格好でヘンな形だと思ったけど、どうも日本という国はなじめないなあ。これでホントに先進国なのか？

初めてなので、少しドキドキしながら直通の番号にかけると、秘書が出た。今ボスは大阪へ出張中で、明日にならなければ戻らないという。

テレビをつけてみたところ、これまた言葉がわからなくてチンプンカンプンだ。

中央に司会者らしき男性と、その隣にちょっと美形のアシスタントらしき女性が鎮座。

なにやら日本には「ワイドショー」なるものがあると聞いていたけれど、もしかしてこのことなんだろうか。

しょうがないからシャワーでも浴びて、少し落ち着いたところで、ジョアンに電話でもかけるか。

いやまて、いったい今、向こうは何時なんだ？ まったくもう、いちいちめんどくさくてやってられないな。

後でフロントに聞いて、もし近くに時計屋があったら、世界中の現地時刻が一目で分かる、ビジネスマン用の「ワールド・ウォッチ」でも買ってこなければ。

そうだ、買い物リストを作っておこう。他にもいろいろ、買っとかなきゃいけないものがあるし。

まずはワールド・ウォッチ。ビタミン剤のB系、C系、E系、D系、カルシウム剤。ブリーフ、靴下、爪切り《つめき》り、目覚時計……。

いや、目覚時計はいい。当分の間、ホテルに滞在していいことになっているから、モーニングコールでことが足りる。

あと、スーツやワイシャツ類も、追って荷物が届くのでいらないだろう。サイズも不安だし、着るものは最小限でいこう。

予定では、今日の午後二時から会議が入っていた。そこには我々〝駐留軍〟の他に、日本人幹部も何人か混ざるらしい。

駐留軍の方は、社長のコバヤシ氏をはじめ、みんな顔ぐらいは知っている。既にアメリカ本社で、何度か打ち合わせもしていた。

問題はやはり、日本人社員の方だろう。たぶん会議の前か後、部長以下日本人幹部たちの紹介があるに違いない。はたしてその時、どんな能力の、どんなメンバーが揃《そろ》っているか……。

ま、ダメならダメでいいさ。どうせ頭数は余り過ぎているんだし、もともと中間管理職は、最終的には十分の一まで減らせというのが、米国本社の方針なんだ。

それに、人事は副社長の統括。ダメ行員をクビにし、同時に徹底した能力給を導入するのが私の仕事だからな。他の経費率は、もともとの邦銀がブヨブヨの甘ちゃんだったので、絞り込むのはカンタンだろう。

まずは人件費の圧縮。不採算店舗の整理。顧客セグメンテーション。低収益部門からの撤退と売却。派手な広告によるマス操作。電話とパソコンを使った商品直販。同じくテレフォン・オペレーターによる一線処理……。

とにかく我々外資系での出世は、実績数字がすべて。早期立ち上げができれば、私も年俸八十万ドル（約九千六百万円）での凱旋《がいせん》帰国も夢じゃない。よーし、頑張るぞー。

予定では、十一時にホテルまで迎えがくるという。そろそろ支度でも始めるか。


会議は、役員フロアのすぐ下の、十七階特別会議室で行われた。

社長のコバヤシ氏は、会うのはこれが三度目だけど、やはりなかなかの切れ者だった。

さすがは早々に邦銀へ見切りを付け、以来十五年間、欧米の金融機関を渡り歩いてきただけのことはある。

なにしろ開口一番、

「やあマービン。これから私は、日本でいちばん恨まれる日本人になるつもりだ。ついては君も、日本でいちばん恨まれるガイジンになってくれ」

これだもんな。自分の国を平気で売るぐらいの割り切りができなけりゃ、現法トップなどまかされない。

それに対し、出席した他の日本人幹部たちの、頼りないことといったらなかった。

例えば資金証券部長。

日本特有の株式持ち合いで抱えている、既に評価割れの取引先株式売却に話が及んだ時、彼は自信たっぷりこう述べた。

「十分に取引先の理解と協力を得てから行いませんと、逆に先方の持っている当行株の売り浴びせを招く恐れがあります。もしそうなってしまったら、当行の株価は急落。預金は流出し、墓穴を掘ることになりかねません。でしたらやはり、ここはじっくりと時間をかけ、事前に先方を説得してからですね……」

意見の気に入らない私が切り返した。

「急落してもいいじゃないか。その時はすかさず、米国にある我々の持ち株会社が買いに入ることになっている。つまり安く投資できる絶好のチャンス到来だ。後はリストラを断行し、銀行の株価を高めればいいわけであって、なんの問題があると言うんだい。ザッツオーライ。いらない取引先の株など、とっとと売ってしまえ」

「で、でも……」

「まだなにか問題でも？」

「い、いえ、なにも……」

それきり資金証券部長は黙りこくってしまった。

次いで発言した業界担当企画部長も、そうとう言ってることがトンチンカンだった。

「しかしミスター・バトラー。旧かみかぜ銀行の会長は、経団懇の理事も務めておられました。そのような立場であった銀行が、産業界に無用な刺激や混乱を与えるというようなことは、おおそれながら、いかがなものかと思われます……」

間髪入れず、私が聞き返した。

「無用な刺激とは、いったいどういう刺激なのかね？」

「ですから、産業界としての、当行に対する心証が悪くなるというか」

「悪くなるとどうなる？」

「いえ、だからその、人間関係もギクシャクいたしますし、今後の取引上においても、いろいろな不都合が生じるやに……」

「では聞くが、その不都合とやらの金銭的損失は、いくらと算定している？」

「あ、いや」

「加えて、その確率は？」

「え、というか、私の申し上げたかったのは、そういうことではなくて……」

「そもそも、経団懇というのはなんだ。ただの年寄が集まる仲良しクラブじゃないのか？」

「決してそんなわけでは……」

それっきり業界担当企画部長の声は、ナメクジに塩をかけたように小さくなった。

席上、もう一人わけのわからない発言をした日本人が、店舗営業部長だった。

不採算店舗の整理統合に話が及んだ際、私にこんな反論を試みた。

「ですがミスター・バトラー。急激な店舗の閉鎖は、顧客の間にあらぬ噂《うわさ》や動揺を招きかねません」

「ほーう。いったいどういう噂や動揺だい？」

「ですから、当行の経営悪化による撤退ではないかと」

それを聞いた私は、思わず吹き出しそうになった。

「おいおい、今さらなに寝ぼけたことを言ってるんだ。経営が悪化したからこそ、旧かみかぜ銀行はホライズン・ステートに買収されたんじゃないか。もっと元を質《ただ》せば、ロクでもない不採算店舗をたくさん抱えていたがゆえに、経営が悪化したわけだろう。そんなことぐらい、君より顧客の方がよく知っているよ」

なんだかんだで、次元の低い会議内容だった。社長のコバヤシ氏も、途中からは半分あきれ顔。きっと次回以降、同じ会議をやるにしても日本人幹部たちは除外され、我々進駐軍のみで開かれることになるだろう。

そんな二時間半にもわたる会議の後、私がエレベーターを待っていると、急に後ろから声をかけられた。

「あのう、副社長。来週火曜日の夜のご予定は？」

振り返ると、昨日のニノミヤだ。足音もたてず、まるで忍者のように忍び寄ってくる。しかも少々、息が臭い。

「いや、今のところ別に」

私の答えにニノミヤは、さもうれしそうな作り笑いを浮かべながら、

「あー、それはよかった。実は私どもで、副社長の歓迎パーティーを開かせていただこうと思っていたんですよ。ぜひご出席のほどを」

「そういうことなら、他に予定もないことだし」

「では来週火曜日、午後六時に、副社長室までお迎えにあがります」

なんだかよくわからないが、まあいいだろう。せっかく歓迎会を開いてくれるというんだから。

副社長室は十八階にあった。眼下に虎ノ門の街並みを見渡せる、眺望のいい角部屋で、アメリカにいた時より格段に広い。

というよりも、向こうじゃ部下たちから中が見える、スケスケのガラス張りだったからな。あの小部屋から比べると、そうとうな進歩だ。

まずは椅子の感触を確かめ、デスクの上に足を投げ出す。うーん、なかなかいい感じ……。

それから今度は、パソコンの具合をチェックしていると、秘書のタケウチ女史からインターコムで内線が入った。今後のスケジュールの打ち合わせをしておきたいと言う。

ちなみにタケウチ女史は、それまでアメリカ本社の役員に付いていたベテラン秘書だ。今回の私の日本赴任にあたり、ボスが配慮してくれた。

ダンナはアメリカ人で、ＩＢＭに勤めている。来日の決定が急だったので、私と入れ違いに、いったんアメリカに戻っていたのだ。

そのタケウチ女史による、明日以降の予定はというと、アジア本部長へのリポート、新人事組織案の作成、営業店視察、幹部社員面接と、もうびっしり。アニュアルリポート作成のための写真撮影、なんてのもある。

いちおうオーケーとは言ってみたものの、こりゃあずいぶん忙しくなりそうだぞ。

chapter 2 天使のほほ笑み

六月十五日（出会い）

英文のアニュアルリポートは、我々日本法人の分も、アメリカの本社が一括して作る。でも、日本語の会社案内はどうやら別らしい。

つまり、日本法人が独自に制作会社へ依頼し、日本語版を作る必要があるんだという。今日はそのためのプレゼンテーションが行われた。

ほんとうは、ヴァイス・プレジデントの私など出席しなくてよかったのだが、ボスのコバヤシ氏も顔を出すかもしれない、という情報をタケウチ女史が入れてくれた。そこでいちおう出席だけはしてみたわけだ。

プレゼンに参加したIR（インベスター・リレーションズ＝投資家向け広報）会社は三社。そのうちの、いちばん後からプレゼンが行われた会社の女性に、私は思わず目を奪われてしまった。

正直言うと、初めのうちは全然気がつかなかった。スライドを使うために、部屋を暗くしていたこともあるし、説明するのはもっぱら、一緒にきていた上司らしい男の方だったから。

ところが、その男の英語がなんとも頼りなく、つっかかる度に傍らの女性が助け船を出す。英語で質問された時も、答えるのはほとんどが女性の方だ。

さらに、その答え方が、実に的確で具体的。てきぱきと自信を持って示してくれる。

髪型は、少し長めのボブだった。黒くてストレートな髪が、いかにも東洋の女を思わせた。

背はやや低く、五フィート一インチ（約一メートル五十五センチ）ぐらい。目は深い墨のようで、アイシャドウは入れていなかった。

たぶんベースの化粧が薄いんだろう。なめらかな美しい肌の表面には、小さなホクロが二つ。それが形のいい、小振りな口元のアクセントになっていた。

ファッションセンスもよかったな。

ベージュのシルクシャツに、品のいいチャコールグレーのパンツスーツ。胸にはシャツと同じ色の花に、一つ小さな光り物のブローチが付いていた。

出しゃばらず、かといって引っ込み過ぎず、落ち着いた口調で一生懸命クライアントを説得しようとする姿は、けなげそのものだった。

でまた、その声がいいんだ。ちょっと鼻にかかってハスキーで。しかもそよ風のように涼しげときている。

清潔で知性的ながら、どことなくセクシー。あんなチャーミングな女性は、アメリカ中探したっていやしない……。

だけど悔しいかな、見とれている間に、早くもプレゼンは終了してしまった。正確には、何か尋ねてみようと思ったんだが、専門外なので適当な質問が見つからなかった。あー……。

時計を見ると、もう午後六時。そろそろ帰るとするか。

このところホテルでの食事が続いているので、いいかげん飽きてきた。少しは新しい店にチャレンジしてみるのもいいだろう。

そうだ、いつもタクシーで帰る時左側に見える、大きな漢字の看板がかかっている店へ行ってみよう。前を通るたんび、日本のサラリーマンがゾロゾロ入っていくんで、おもしろそうだと思っていたんだ。

それでもしよかったら、今度エディを連れてってやろう。たまには日本に慣れたところを見せてやらないと、副社長として貫禄《かんろく》がつかないからな。

六月十八日（二日酔い）

いやあ、昨日は飲んだ飲んだ。どうやってホテルまで帰ってきたか、半分覚えていない。気がつけば、ビル・ブラスのスーツはよれよれ。おまけに私の嫌いな煙草の臭《にお》いまで、しっかり染みついてしまっている。

鏡をのぞけば、なんとも情けない朝の面をしてるじゃないか。目はトロンと白く澱《よど》み、カールした赤毛はだらしなく片側へはりつき、無精髭《ぶしょうひげ》に至ってはなんだか失業者のようだ。数年前までは女の子から、「トム・ハンクスの三歳年上のお兄さん?」なんて言われていたものが、これじゃあ二十歳年上のおじさんと言われたって否定できない。

ウウム、熱いシャワーでも浴びて、副社長らしくシャキッとしなくては……。

それにしても、あの透明で暖かい酒はなかなかあなどれないな。甘いんで、ついついピッチが速くなる。

しかも、いろんな種類があるのには驚かされた。昨日も、私が見よう見まねで小さな陶製の器に注ぎながら飲んでいると、隣の客はガラス製の器で飲んでいた。

(ん、なんだ? あれも酒か? それともミネラル・ウォーターかなにかか⁉)

そう思って若い店員に尋ねると、これがまた全然英語の通じない奴《やつ》ときた。

いったい日本という国はどうなっているんだ。こっちが尋ねてもいないのに、勝手に近づいて話しかけてくる奴がいるかと思えば、昨日の店員みたいに、若いのにまったく英語の話せない奴もいる。耳にはピアスを五つも六つも付け、髪の毛は金髪。そのくせ黒いアゴ髭《ひげ》だ（しかもまた、十や十一のガキみたいに、うっすらとしか生えてない）。バカそうな口は半開きで、親の顔が見たいとはこのことだ。

日本に来る前の知識では、国民はすべて教育水準が高く、貧富の差はないということだった。なのに、実際、街にはバカみたいな若者があふれ返り、所得も教育水準も、けっこうバラバラじゃないか。

「アチラのオキャクサンがノンデルモノハナンデスカ？」

そう英語で聞いても通じないんで、懐から小型の英和辞典を取り出そうとしていた時のこと。突然、当の隣の客が話しかけてきた。

「メアイ・ヘルプユー？」

そこで私も、

「シツレイですが、今アナタのお飲みになっている、その小振りなグラスの中身は？」

尋ねると、隣の日本人が、がぜんはしゃぎ始めた。

「オー、ジスイズ、ジャパニーズサケ。ユアーズイズ、ホットワン。マインイズ、コールドワン」

説明しながら店員に、私の分も持ってこさせ、

「ささ、プリーズ、プリーズ」

有無を言わせず私の手にグラスを持たせると、言うが早いか注ぎだした。

「どうぞ、ゴーアヘッド」

躊躇《ちゆうちよ》しながらも、一くち口にしたが最後、それからはもうカルチャーが違っていた。

「次はこれ、いきましょう。八海山《はつかいさん》といって、ニイガタプリフェクチャーの銘酒なんですよ」

それも飲み終わらぬうちに、また新しいのがきて、

「ほら、これはね、クマモトプリフェクチャーで作ってる美少年という酒。ささ、プリーズ」

さらに間髪を入れず、

「久保田っていう酒は、こりゃもう最高。どうです、違いが分かります？」

あるいは、

「これは浦霞《うらがすみ》っていってね。このよさがわかれば、ガイジンさんも、もはや『つう』です」

そんなこんなで既に十種類も飲んだころ、私の目に映ったのは、向こうのカウンター客が手にしている木製のボックスだった。

「アレはナニ？」

「ああ、マスザケ。木の香りがしておいしいですよ。飲んでみます?」

さっそく出てきた木箱が目の前に置かれると、今度はそれを一気に飲めという。

「アタ、ドラフト?」

「イエース。ドリンクアップ、アット、ア、ドラフト。ゴーアヘッド」

意識が朦朧《もうろう》としてきたのは、それから間もなくだった。ほんとにその先のことが、よく覚えていないんだ。

しかしいったい、あの人達はなんだったのだろう。なぜ見ず知らずの私に、あれほど親切に酒など勧めてきたのかな?

そういえば帰り際、名刺を渡されたような記憶がある。昨日きていた背広のポケットをまさぐると、おう、あった。

三枚の名刺に記されていた会社名はというと、I商事。聞いたことのある総合商社じゃないか。

私はこの先の人生の中で、彼らと再び会うことはあるんだろうか。そんな定かでない関係の人間と、日本人という人種は、よく飲んだり話したりするんだろうか。うーん、よくわからない……。

二日酔いで、ほんとうは会社へなんか行きたくないけれど、午後からは絶対に行くぞ。なにしろ今日は、会社から貸与されるメルセデスが納車される日だ。

ああ、それを考えたら、なんだかウキウキしてきた。たっぷりビタミン剤でも飲んでから、そろそろ出発するとしようか。

六月十九日（メルセデスがやってきた！）

約束通り、ちゃんと届いていた。事前に出しといた希望どおり、ライトシルバーのE400が。

自分のクルマを貸与されるなんて、こんなことは初めてさ。アメリカにいた時も、自分のクルマは自分で買っていた。それが会社持ちになったなんて、ずいぶん出世したものだ。ま、そのくらいの条件を出してくれなかったら、わざわざ日本へなど来なかっただろうけど。

乗り心地はというと、まだクルマが新しいんで、足回りはちょっと固め。エンジン音も少し高い。

でもさすがメルセデスだよなあ。アメリカにいる時乗っていたビュイックとは全然違う。女房のレクサスとも。あんなにブヨブヨ、グニャグニャしていなくて、ハンドルもカチッとしている。

それにしても、ナンバープレートだけはどうしても気に食わないな。なんで日本のナンバーは、こんなにもカッコ悪いんだ⁉ 白い色もダサいし、形も幅広で不格好。これでは、せっかくのメルセデスが台無しじゃないか。

息子のデイビッドにも、早く見せてやりたいもんだ。見たらあいつ、きっと喜ぶぞう。

家族が空港へ着いた時も、この車で迎えに行こう。その前に、そろそろ住む家の方をなんとかしなくては。

ほんとは来日する前に、本社の担当から聞かれたんだ。希望やなにかがあれば言って欲しい。前もって用意しておくからと。

でも、先に日本へ渡ったエディに相談したところ、「日本の住宅事情は、マンションと一戸建てでも全然違うし、こっちに来てから、よく見て選んだ方がいいよ」と言う。それで予め《あらかじ》決めない状態のまま、日本へやって来た。どうせ家が決まるまで、ホテル住まいをしてればいいのだから。

しかし実際、こうやってホテルで暮らしていると、正直言ってなかなか楽ちんだ。

洗濯は、靴下もパンツもみんな洗ってもらえるし、食事もバーも、たいていホテルの中でまかなえる。しかもその代金は、すべて会社持ち。まさに快適、自由そのものさ。

あーあ、これでもし独身だったら……。

ジョアンには悪いけど、ついついそう思ってしまうのも事実なんだ。さらにチャーミングな日本人の恋人がいたりして。この前の、プレゼンの時のような女性が……。

嘘《うそ》だよ、ジョアン。君を愛してる。

そうだ、ここ一週間ばかり手紙を書いてないんで、今日あたり書いておこう。Eメールより、たまには手紙の方がいいだろうから。

chapter 3　カルチャー・ショック

六月二十二日（日本食について）

日本の会社で気に入っていること。

まず、自動販売機のヤクルト。あれはもう最高さ。あんなにうまい飲み物を、これまで飲んだためしがない。甘くて、しかも微妙に酸っぱくて。

だけどどうして、容器があんなに小っちゃいんだろう？　私なんか、五本飲んでもまだ足りない。ほんとうにあの容器の小ささは不思議だ。日本人の感覚が知れないよ。

どうせなら、二分の一ガロン（約一・九リットル）入りのやつがあればいいのに。そしたらいっぺんに半分は飲めてしまうに決まってる。

ああ、ほんとにヤクルトを、一気に一クォート（約一リットル弱）飲んでみたい。今度大きいめのビアジョッキを用意して、そこに何十本もヤクルトを買ってきて、なみなみ注いでみようかしら。

会社とは関係ないけど、アタリメという食べ物も最高だ。特にマヨネーズをたっぷり付けたやつが。

秘書のタケウチ女史に聞いたところ、あれはイカを干して焼いたものなんだそうだ。イカがあのような味や形になるとは、もはや奇跡に近い。

ただし、あれにも若干不満がある。なんでマヨネーズが、あんなにちょっとしか付いていないんだろう？

こっちはもっと、たっぷり付けて食うのが好きなんだ。海のようにドボドボのマヨネーズの中へ完全に沈め、引き上げる時は重さが五倍になるくらいの状態が。

日本人のケチめ。しみったれっ！

そういえば、なぜ日本人というのは、フライドポテトにトマトケチャップを付けずに食べるのか？

そもそも、レストランで食べる時も、頼まないと、ケチャップ自体が付いてこない。

この前など、私が西麻布のステーキハウスで、添え物のフライドポテトにケチャップを付けて食っていると、隣のテーブルのガキが、人を指差して笑うんだ。まるで野蛮人でも見るような目で。

しかも、そのガキを連れて来た同席の親まで、人の顔をチラチラ見ながら、一緒になって笑っていた。

チェッ、野蛮人はそっちじゃないか。なんだい、猿みたいなガキのツラは。歯並びはガタガタだし、行儀は悪いし、ウチのクリスやデイビッドとは大違いだ。ほーんと、衝立《ついたて》の上からチョロチョロ顔を出すその鼻っ先を、フォークで突き刺してやりたいくらいだった。

あー、クリスやデイビッドはどうしてるかなあ。ちゃんと妻ジョアンの言うことを、聞いているだろうか……。

私は子供たちのためにも、今が頑張り時なのはわかっていた。

できることなら、一介の銀行員ではなく、銀行家としてそこそこ大成したかった。それにはまず、火急の問題として、この日本のヘボ銀行を計画通り立て直すことが求められる。それができた段階で、政治家に例えたら、ようやく田舎の村長さんといったところだろう。

次のステップで目指すのは、町長さん。そのためには、さらに一、二度の転職が必要かもしれない。

そしてさらに、上の州知事を目指す。小さい銀行の経営者あたりが、まさに州知事に当たるだろう。

後はもう運だろうな。ひょんなことから会長（チェアマンクラス）に気に入られるとか、あるいは他産業へスカウトされることだって、ないとは言い切れない。

また、州知事からいきなり大統領にもなれるのが、我々アメリカ社会のいいところでもある。それは政治家も銀行家も同じなんだ。

考えてみれば、私ももう四十一歳。そうそう時間があるわけではない。こんな極東の島国なんかで、グズグズしてる場合じゃないんだ！

六月二十四日（人事的インプレッション）

午前中、総務のヤマザキ課長に、借り上げ社宅の具体的希望を再度、出しておいた。

場所は麻布、白金、広尾周辺。敷地面積は八分の一エーカー（約五百六平方メートル）以上。建物もだいたいそのくらい。駐車場は最低四台（私のメルセデスに妻のが一台分。それにお客さん用のがどうしても二台は必要）。

できたら散歩のできる公園の近くで、眺望がいいこと。あと、インターナショナルスクールが三十分以内にあって、英語の完璧《かんぺき》に話せる医者と歯医者が、やはり三十分以内……。

家賃でいったらどうなんだろうか。日本の相場はよくわからないが、月二万ドル（約二百四十万円）ぐらいはするんじゃないか。

私の希望に対し、ヤマザキ課長が提案した。

「場所的にやや違うのですが、世田谷に瀬田というところがありましてね。なかなか評判の良いインターナショナルスクールがあるんです。その近くに新築の一戸建てが出ておりまして、住環境としては最高なんですが」

ただし、英語の話せる医者と歯医者がいるかどうかは不明で、地理的にも、会社へ通うには若干遠いらしい。

実はこれまでにも、ヤマザキ課長の案内で、いくつか物件を見に行ったことがある。広尾のマンションとか、田町の一戸建てとか。

だが、いまいち私も決めかねて、その都度ジョアンに電話で相談してみると、いつだって彼女、

「同じ英語が話せる医者でも、クリスの歯列矯正やデイビッドの脱腸のことがあるんだから、アメリカの大学を出た医者でないとダメ」

とか、

「インターナショナルスクールでも、クリスとデイビッドが一緒に通える学校じゃないと」

になってしまうんだ。ちなみに今日、ヤマザキ課長が言っていた学校は男子校とのこと。女子は近くに別のインターナショナルスクールがあるというが、きっとジョアンのことだから、またそれじゃダメだって言うだろう。

あーあ、なんだか思っていた以上にめんどくさい。こんなことなら、いっそ単身赴任で

ホテル住まいを続けてた方が、よっぽど楽ちんで簡単かも……。

もっとも、そんなことをうっかり口にしようもんなら、ジョアンの奴《やつ》、すぐヒステリーを起こすからな。アブナいアブナい、気をつけないと。

今日は午後から主要社員の面接がある。なんと言っても、私の仕事はリストラ推進。そろそろバシッとしたところを本社にアピールしとかないと、格好がつかないぞ。

追記

ふう、今ようやく面接が終わったところ。

部支店長級を中心に、一人十五分で十三人やったんだが、いやはや長かった。

それにしても、みんななんなんだろう？　こっちが、

「君の売りとなる能力は？」

と尋ねても、返ってくる言葉といえば、

「はい、がんばります」

「今まで誇れる実績は？」

と尋ねても、これまた一様に、

「はい、がんばります」

そんな具合で、まったくラチがあかないんだ。そこで目先を変え、

「収入に見合った仕事をしてると思うかね?」

とか、

「今後の希望を述べてみたまえ」

と聞いてみても、バカの一つ覚えみたいに、

「はい、一生懸命がんばります」

の一言だ。いったいどうなってるんだよ、ここの社員どもは。全員表現能力がゼロなのか?

格好だって、縞柄《しまがら》のスーツに縞柄のネクタイを締めてたり、ズボンの裾《すそ》から素膚《すはだ》が見えていたりと、なんとなくダサイし、そもそもスーツの色がみんなねずみ色だ。

おまけに臭い。煙草のヤニと、朝なにを食ったか知らないけれど生温かい口臭と、整髪料(それもたいそう安物っぽい)と、毛穴から滲《にじ》み出した脂とが渾然《こんぜん》一体となり、得も言われぬ臭気をかもしだしている。

まあ中にはこぎれいな格好をし、ペラペラしゃべる奴もいるにはいたが、そういうのに限って、口だけというのがミエミエとくる。あれもしました、これもしました、と胸を張る割には、「じゃあ具体的に例を挙げて示してくれ」と言うと、急に声が小さくなってしまう。

そうそう、面接をやっていて、もう一つ気づいた点があった。手元の人事考課表の評価

が、みんな平均化してるんだ。AからEのなかで、たいていBかCに。

だから、職務遂行能力もBかC、リーダーシップもBかC、利益貢献度もBかC……、みたいなことになってしまっている。すべての評価項目でそう。

逆に言えば、AとかEのついている奴がいないわけだ。項目ごとに評価が飛び抜けてたり、あるいは全然劣ってたりとバラけていない。

だけど実際、そんなことってあるか？　人間、一人一人違うんだから、全員同じなわけがないだろう。

さらに、評価する人間がたくさんいることにも驚かされた。一人の社員に対し、主査、課長、副部長、部長、人事部と五人もいる。

もしかして、だから評価が平均化されてきてしまうのかも。そんなんじゃ、点をつける意味がないだろうに。

よーし、決めた。こんなバカみたいな人事考課のシステムは、即刻廃止だ。

代わりに、社員の評価は直属のボス一人にやらせよう。アメリカ企業がやっているように、いいも悪いも一本勝負主義。

あのやり方は、ボスとの相性ですべて決まってしまうのが欠点だけど、そのボスに能力さえあれば、あれほど合理的な方法もない。仕事のできる上司が、仕事のできる部下を選んでこそ、強いチームが作れるに決まってるんだから。

さっき、それをチラッと口にしたら、人事部の次長（ディレクター）が（わかってないな……）という顔で言いおった。

「副社長、それでは運不運というか、評価がかたよってしまう恐れがあります。ここはやはり複数の目で、公平な評価をすべきではないでしょうか」

バカめ、運不運は人生に付きものじゃないか。それが嫌なら、とっとと会社を辞めろっていうんだ。

そうだ、今度、あの次長は私が評価すると言って脅かしてやろう。次長だけでなく、反対しようとする人事部の人間全員にだ。

ついでに人事部そのものも解体してしまえ。人事部の仕事は、一部新卒の採用と実務計算だけ。社員の人事評価についてはタッチさせないんだ。

そうすれば、かなりな合理化になる。人事部の人間も大半がいらなくなるし、評価もすっきりする。

問題は、しっかりメリハリを付けて評価できる管理職がいるかどうかだが、さっき面接した奴らを見渡した限りでは、どうも心許無《こころもとな》いぞ。

どいつもこいつも、自分にはメリハリのある評価を付けてくれるなという感じ。自分にやって欲しくないものを、人にやろうとするわけないものな。

また、能力のない者が、能力のある者の評価をできるわけもない。そこが最大のネックになるのかも……。

ま、いいさ。いずれにしても二年後には、社員の半分が解雇なんだ。その前段階として、近くゴッソリ目標数字を与えようと思っている。逆立ちしても達成できない、法外なほどのノルマ。それをクリアできない奴らから順次「はい、サヨナラ」なんだから簡単だ。

注意すべき点はただ一つ。しぶとく残ろうとする中間管理職どもを、いかに追放するかだろう。

あいつらの汚さは、私もだんだんわかってきた。愛社精神があるようなことを口では言っておきながら、実はウソ。ほんとに可愛《かわい》いのは、会社じゃなくて自分なんだ。そして保身のためなら、会社の利益に反したことだって平気でする、一番の害虫なんだ。

社長のコバヤシ氏も、同じことを言っていた。来週、米国本社のコスト管理部門との打ち合わせがあるから、その点についてよく説明しとかないといけないな。

六月二十六日（日常所感）

さっき帰りがけに、ガソリンスタンドへ寄ってきたんだけど、いやあ、驚いた。なんたって丁寧なんで。

ウインドウからなにからみんな拭《ふ》いて、おまけに足下のマットまで洗ってくれた。こっちは思わず、チップを渡してしまいそうになったくらいさ。

日本はみんなそうなのかな。それともあそこのガソリンスタンドだけが、特別にサービスがいいんだろうか。

代金は高いんだか安いんだか、正直言ってよくわからなかった。そもそもガロンではなくリッターという単位がわからないし、円がどのくらいの価値かというのも、いまだピンとこない。

そうだ、明日は床屋へ行ってみよう。エディの話だと、日本の床屋は髪を切るだけでなく、マッサージをしたり、コーヒーを飲ましてくれたりするそうだから。

たしか床屋は、ホテルの地下にもあったはず。うーん、なんだか楽しくなってきたぞ……。

六月二十九日（東洋の殺人医師？）

朝起きると喉《のど》が痛い。おまけに少し寒気もする。

これは風邪に間違いない。ビタミンCの摂取量が不足していたせいだ。ああ、もっと飲んどけばよかった……。

午前中は、早朝七時から（向こうの時間に合わせるとこうなってしまう！）アメリカ本社との間での電話会議。次いで監査法人との打ち合わせ。もう最悪だった。

午後は午後で、収益管理部門から上がってきたリポートのチェックやら、太っちょエディが担当してる、支店ごとの営業性格付けやら、細かい仕事が目白押し。ボーッとして、数字が全然頭に入らない。

見兼ねた秘書のタケウチ女史が、体温計を持ってきてくれたので計ってみると、なんと華氏一〇一・三度（日本の表示が摂氏なのではじめわからなかったが、タケウチ女史によると摂氏三十八度五分というのは、どうやらそういうことらしい）もあるではないか。

その話を聞いて、思わずクラッときた。身長六フィート一インチ（約一メートル八十六センチ）、体重百九十六ポンド（約八十九キロ）の私でも、風邪には弱いんだ。

タケウチ女史は、夕方から予定されている広告代理店との懇親会をキャンセルし、クリニックに予約を入れてくれた。近くにある個人経営の病院で、英語も通じるという。

渡されたメモをたよりに、なんとかクリニックへたどり着く。

するとピンク色のナース服を着た、たぶん十五歳ぐらいの少女が紙を差し出し、この中へ記入事項を書き込め、と身振り手振りで迫ってきた。

しかしそんなの、無理に決まってる。なにしろこっちは、日本語が全然読めないんだから。

　待たされること三十分。ようやく診察室に通されると、先生は鼈甲《べっこう》メガネをかけた、日本人観光客の典型みたいな六十男だった。

　ほら、よくいるだろう。手にはソニーのハンディカム、リゾート地でアロハシャツに黒革ベルトを巻いているような日本人が。

　医者は細い目をさらに細め、なぜか口許《くちもと》をほころばせながら英語で聞いてきた。

「どこがお悪いですか？」

　曲がりなりにも英語がしゃべれるというんで、正直こっちはホッとしたよ。私は今朝から熱があることや、喉が痛いこと、さらにはアスピリン系の薬は体質的に合わないことなどを、一通り訴えた。

　するとその医者、聞いている最中にやたらと、

「オー、リアリ？」

を連発する。さらには、

「ザッツ、ツゥー、バーッド！　コールドウィルビカム、エブリーシック」

（ん？　ほんとうにわかってんのかなあ、こいつ……）

　疑っている間もなく、医者はうまくもない英語で、勝手なことをしゃべりはじめた。

「私は中学校の時から、英語の成績だけは良かったんですよ。いつもクラスで一番。でも、

ほんとうに英語に興味を覚えたきっかけは、やはりミセス・ブラウンでしたね。私の通っていた名門中学には、当時から外国人の教官が教えにきていたんです。先生はワシントン州のご出身で、ご主人はアメリカ大使館に勤めておられる外交官。とても心優しい方でしてねえ。料理がとてもお上手で、私も何度かご自宅にお招きいただいては、アメリカの家庭の味をごちそうになりました。いやあ、おいしかったなあ。でまた、その後のお茶の時間が、もう楽しくて楽しくて。先生がいらっしゃらなかったら、私こうして、外国の方を診察することもなかったかもしれません。ほんとミセス・ブラウンは、私の英語の恩人なんです……」

しゃべる表情はうれしそうで、もはやこっちの病気のことなんかおかまいなし。たまりかねて、

「何日ぐらいで熱は下がるでしょうか？」

と尋ねても、

「ヤー」

とか、

「アーハー」

とか、これまたわかってるんだか、わかってないんだか。

しかも見ていると、顔を半分看護婦たちの方へ向け、やけに得意気だ。つまり自分が、

ちょっとばかし英語がしゃべれるということを、看護婦たちに見せびらかしたいだけらしい。

そんな病院から帰ってきた私は、今ホテルのベッドの中にいる。もらった薬を飲み、既に四時間が経《た》つというのに、いっこうに熱は引いてこない。それどころか、逆に寒気は増しているような気さえする。なにしろ毛布の中でひざを抱え、ブルブル震えている始末なんだから。

ああ、ひどい医者にかかってしまった。もしかしたら、これは陰謀かもしれない。なにせあの医者の年代だったら、第二次世界大戦も経験してるに違いない。親が米軍に捕虜にとられ、それを未《いま》だ恨みに思っていることだって十分考えられる。だとしたら、このもらった薬だってあてにならないぞ。実際、熱は全然下がらず、頭もボーッとしてきた。

あのメガネの奥の、卑屈にゆがんだ作り笑い……。

そうだ、間違いない。私は野蛮な東洋人にハメられたんだ。我がアメリカに恨みをもった、被害妄想の殺人医師に。

ジョアン、ごめんよ。私はもうだめだ。先立つ不幸を許してくれ。

愛するクリス、デイビッド、さようなら。パパはこの極東の地で、再び君たちの笑顔を見ることのできないまま、天国へ旅立ちます。立派な大人になって、幸せな人生を送ってください。

六月三十日（恋の予感）

今、朝の八時半。ちょうどベッドを抜け出したところだ。なんだか調子がよくなったみたい。

気分はいいし、熱もない。鏡を見ても、いつものハンサムガイに戻ってる。これなら楽勝で会社へ行けそうだ。

午前中は、書類決裁と予算報告、それに収益コストのシミュレーションと、現実数字の乖離《かいり》要因についてのリポート添削に追われてしまった。

いやなに、ほんとうはこんなの、部下が作ったやつを、そのまま承認すればいいだけの話なんだが、どうも日本人社員の作るリポートは気に入らないからな。すぐ人のせいにしたり、経済情勢のせいにしたりする。

今読んだやつだってそうさ。預かり資産の伸びが予定より低いのは、日本の不況深刻化による潜在顧客の所得減と、円安によって、外貨建て資産への流出ブレーキが働いたためだという。

ったくもう、いいかげんにしてくれよ。こんな理由で、本社が納得するわけないんだから。

その責任をとらされるのは他でもない、この私なんだぞ。日本人の下っぱ従業員じゃない。

赤ペンで直しの指示を入れ、制作部署へ突っ返すと、時刻はもう十一時半。朝飯を食ってこなかったので、なんだか腹が減ってきた。

いつものように、社員食堂のアラカルトかなにかにしようかとも思ったものの、考えを変えた。ワンブロック先の角のところにあるサンドイッチ屋「ファーガソンズ」へ行ってみようと思ったんだ。

たまに食うホテルのクラブサンドは、味はまあまあだけどボリューム不足。一方、社内食堂のミックスサンドときたら、具がいくらも入ってなくて、とても人間の食うもんじゃないからな。

外はいい天気。風邪の具合も大丈夫そうだし、ちょうどいい運動だ。

店に着くと、さっそくツナサンドとBLT（ベーコン・レタス・トマト）、それにコーヒーを注文し、テイクアウトにしてもらう。

そういえば、アメリカにいた時分にも、こんなのをよく食ったもんだよなあ。

店員から、しゃれた柄の包みを受け取り、出口へ向かったその時だ。

　ふと奥の席を見ると、なんとそこには、先日のプレゼンに来ていた女性が座っているではないか。

　前回のスーツとは違い、今日はライトグレーの上下に身を包んでいた。目の前のテーブルには、ほとんど食べ終えて小さくなったサンドイッチの切れ端と、飲み物のカップ。見ていると、白くか細い指で残りのサンドイッチをつまみ、まさに口へ入れようとしているところだった。

　品のいい小振りな唇には、この前より若干濃いワインがかった口紅。半分開いたその口許に、ゆっくりとパンのかけらが収まっていく。

　私は、彼女が自分に気づいて欲しいと思った。しかし向こうは、相変わらずぼんやりと窓の外に目をやったままだ。

　私の分は、既にテイクアウトにしてもらっている。どうしようかと迷った末、おもいきって声を掛けてみることにした。

「ハロー。IRの会社の方ですよね。この前のプレゼンに来られてた……」

　すると彼女は、一瞬驚いた表情を見せながらも、すぐにほほ笑み返した。

「先日はどうも。おじゃましました」

「お一人？」

「ええ、まあ」

「じゃあ、相席してもいいかな？」

「もちろん。でもせっかくなんですが、私もう行かなくちゃいけないの。クライアントさんとのアポがあるものですから」

そう言って彼女は、口をナプキンで拭《ぬぐ》うと、申し訳なさそうに立ち上がった。

「すみません。じゃあこれで」

「あっ、ちょっと待って」

私はあわてて背広のポケットをまさぐった。名刺を渡しておこうと思ったからだ。ところが肝心な時についてない。さっき書類に目を通していた時、名刺入れの重みが気になって、デスクの上に出してしまったんだ。

「あ、ごめん、忘れてきちゃった。私、マービン・バトラー。あそこの銀行のCFOをやってるんだ。もちろんCFOとはいっても、日本法人のだけど」

「BIBのオクムラ・ヨーコです。いつもお世話になってます」

彼女は小さく頭を下げると、赤い革製の名刺入れから、角のとれた女性用のを一枚取り出し、私によこした。

「サンキュー。またプレゼンで来ること、あるんでしょ？」

「ええ、機会があれば」

その声が、心なしか陰っていた。

「どうして？　もしかしてこないだのプレゼン、落とされちゃったわけじゃ」

私の問いには答えず、彼女はもう一度ほほ笑んで見せた。

「次回はぜひ、よろしくお願いします。それじゃあ、私はこれで」

まったくバカな選択をする人間もいたもんだ。あんないいプレゼンがはねられるとは……。

立ち去ろうとする彼女に向かって言った。

「今日は君に会えて楽しかったよ。シーユーレイター」

「バトラーさんこそ、よい一日を」

彼女は自分のトレイを手に、席を後にした。

一人とり残された私は、テイクアウトの袋をテーブルの上に置いたまま、しばらく頬杖《ほおづえ》をついていた。サンドイッチを食べるでもなく、ハタから見たら、さぞかしおかしなガイジンに見えただろう。

午後からの仕事は、ほとんど身が入らなかった。もらった名刺を取り出してはながめ、取り出してはながめ……。

同じ名刺でも、そこらのオヤジサラリーマンから渡されたやつとは大違いだ。こういういい女からもらった名刺だったら、百万倍の価値がある。不肖バトラー、この年になって、まさか十四歳の恋する少年に逆戻りするとは思わなかった。しかもこんな遠い異国の地で——。

夜の十時すぎ、ホテルへ戻ると、既に顔見知りとなったフロント係から、メモを手渡された。昼間ジョアンから、二度ほど電話があったとある。

向こうの時刻はまだ朝だ。いったいなんだろうと思い、さっそくかけてみるも、あいにくジョアンは留守。きっとクリスたちを、学校へ送りにでもいっているんだろう。

後でまたかけ直そうと思いながら、とりあえずミニバーからスコッチを一本取り出す。オンザロックを作り、グラスを傾け始めてからも、思い出すのはやはり昼間会った女性のことだ。

(へーえ、オクムラ・ヨーコっていうのか。あの白くて細い指、ちょっとハスキーな鼻にかかった声。うーん、よかったよなあ……)

サンドイッチ屋での再会を思い浮かべ、ほくそ笑みながら、ミニボトルのスコッチをもう一本空ける。

セクシーで小振りな唇を思い出しながら、いい気持ちでまた一本。

二時間もするころには、そうとうできあがってしまった。時計を見ると午前一時。向こうの時刻では午前十一時頃だ。

電話しなければと思うんだが、いまいちその気になれなかった。

そしてさらに一時間後。

あーあ、もう酔っ払っちゃったよ。ジョアンには、明日にでも電話すれば済むことさ。それに、どうせたいしたことじゃないに決まってるんだ。いつだってそう。ロクでもないことをあの女ったら、ギャーギャー大げさに言ってきて……。

七月一日（運の悪い一日）

朝っぱらから、いきなり反省。昨日のうちにジョアンへ電話しなかったのは、やはりちょっとマズかった。

でももう時間がない。今朝は九時半から、お台場の日航ホテルで朝食会があるんだ。相手は米本社の、M&A部門のチーフアナリストとストラテジスト。まあ社外の人間じゃないから、それほど格式張ったものではないが、いちおうバッチリやっとかなきゃ現法の代表として問題がある。

その後にも、第二次機構改革のための役員会議、さらには雇用契約書上の言い回しの問題で、顧問弁護士との打ち合わせが控えていた。

クソッ、なんだか急に忙しくなってきちゃったな。そろそろ飲んだくれのダメ副社長は返上して、五時起き六時出社の、ニューヨーク流エグゼクティヴ・スタイルの副社長に変身しないと……。

お昼前（ということは向こうの夜九時すぎ）、ウェストチェスターの自宅へ電話。すると間髪入れず、ジョアンのなじり声が返ってきた。

「マービン、まったくもう何やってたの！　ひどいじゃない。あんなにデイビッドがたいへんだったっていうのに！」

「ええ？　あいつがどうかしたのかい？」

交通事故にでも遭ったのかと思い、驚いて問いただすと、どうやらそうではなかった。

「昨日の夜からあの子、また再発しちゃったのよ。例の病気が」

ジョアンが説明するまでもなく、デイビッドには小さい頃から、脱腸の気があった。以来ベルトを巻いたり、いろいろ注意してきたおかげで、最近ではおさまったと思っていたんだが……。

「で、様子はどうなんだ？　デイビッド、ひどいのか？」

「今朝、病院へ行ってね。今はなんとか落ち着いてるけど」

「そこにいるのかい?」

「いいえ、もう眠ったわ。ねえマービン、あなたいったい何考えてるの? わたしたち家族のことを、どう思ってるのよ!」

「どうって、愛してるさ」

「だったらなぜ、電話一本よこせないの?」

「いや、だから、それは……」

思わず私が言い澱《よど》むと、すかさずジョアンがまくし立てた。

「仕事が忙しいなんて止めてよ! そんな言い訳、聞きたくない。あなた、日本へ発《た》つ時なんて言ったか覚えてる? 家族を愛してるから、何かあったらいつでも電話しろって言ったじゃない! それがなに? デイビッドは家族でしょ。いったいわたしはどうすればいいの?」

「ジョアン、君の言うことはもちろんさ。ただ……」

怒りを静めようとする私だったが、ジョアンのきつい口調は変わらなかった。

「だいたいあなた、住む家はどうしたのよ! 日本に着いたら、真っ先にわたしたちを迎える家を探すはずじゃなかったの? あれからもう三週間も経《た》つ。なのにその間、あなたはいったい、なにやってたのよ! ほんとに探す気があるの?」

「ああ、ちゃんとやってるさ」

「じゃあ病院の方はどうなってるのよ。英語を完璧《かんぺき》にしゃべれる内科医と、腕のいい矯正歯科医は！」

「それも今探してるところだよ。必ずすぐ見つけるから」

「すぐって、いつまでよ？」

「だから、もうすぐ」

「インターナショナルスクールの方はどうなってるの？　やっぱり家から近くじゃないとダメなのよ！」

「ああ、わかってるって……」

その後も延々三十分、ジョアンの小言に付き合わされるハメになってしまった。そして今、ようやく解放されたところ。

あーあ、もう疲れちゃったよ。ほんと、機嫌の悪い時の彼女の声って、聞かされるだけでグッタリきちゃうんだ。

気分直しに、備え付けのコーヒーを飲みながら一休みとするか。

そんなところへ入ってきたのが、またまた悪いニュースだった。

秘書のタケウチ女史が持ってきた、主要管理者の人事リストに、なんとニノミヤの名前があがっているではないか。それも合理化推進の責任者として。

ニノミヤといえば、来日早々わざわざ空港まで出迎えにきたり、意味もない歓迎会を開いたりした、あのオベンチャラ野郎だ。

いったいなんで、あんな仕事のできないゴマすり男が、よりによって合理化推進責任者なんだ!? 真っ先にクビにしなきゃいけない、張本人じゃないか！

私は、誰かもっと他に適任者がいるはずだと思い、人事案を否認しようと考えた。

ところが、いろいろ思い巡らしてみても、これがいない。営業で何人か、優秀なのがいるとエディは言ってたけど、そういうのに限って英語がダメだったりする。

かといって、英語のしゃべれる人間となると、これまた限られてきて、見回すと、ニノミヤクラスの使えない奴《やつ》ばかりとくる。

だからこのやり方は、本社にいた時から、会議の席でも反対だって言ってきたんだ。

このやり方というのは、乗っ取る際のやり方さ。通常、我々外資系がつぶれかかった他国の金融機関を買い取る際、店舗も従業員もまるごとなんか引き取りやしない。すべての内容を吟味した上で、いい資産と使える従業員だけを引き取るのが常識だ。つまりいいとこ取り。

例えば、メリルリンチの場合がそうだった。

自主廃業した山一證券の店舗を引き取るにあたって、メリルは徹底的に選別した。そして、約百か店あった店舗のうち、わずか二十か店ほどしか譲り受けなかった。

従業員にしてもしかり。ぶら下がりやダメ社員は極力拒否し、採ったのはわずか数分の一だ。

それはなにも、メリルがちゃっかりしてるというわけじゃなく、我々外資系では当たり前のこと。ライオンが獲物を捕った時、うまいところから食い、まずいところは残すようなものだ。

ところが今回、ホライズン・ステートはあえてその方法を採らなかった。日本の雇用慣行や国民感情には独特なものがあり、さらにマスコミの批判や監督官庁の要望にもある程度配慮した方が得策、との判断で、従業員については、とりあえず丸がかえで引き取ることにした。

もちろん、永久にというわけじゃない。雇用を保証してるのは最初の二年間だけ。その期限が来たら、従業員の半分はさっさとクビにするつもりではいたんだけど……。

ところが、蓋《ふた》を開けてみりゃこのザマだ。引き取った従業員の中で、マトモに使える奴なんか数えるほどしかいやしない。はっきり言って、残りはみーんなクズばっかりじゃないか。

チェッ、そんなこと今さら言ったって、もう後の祭りだものな。もしかしたらこのマービン・バトラー、そうとうな貧乏くじを引かされたのかもしれないぞ……。

chapter 4　M・O・F

七月六日（空を見上げて）

夕べは酒も飲まず、自分でも優等生的なCFOで過ごしたと思う。だからなのか、今日は朝から気合いが入った。

午前中もバリバリ仕事をこなし絶好調。数日前の風邪は、いつの間にか治ってしまったらしい。

お昼時、もう一度こないだの「ファーガソンズ」へ行ってみた。なにもヘンな下心があったからじゃなく、ただ単に、またサンドイッチを食いたくなったからだ（と自分では思っている）。

ぽつねんと、一人寂しい昼食を摂った後、帰りに少し遠回りして、本屋へ寄ってみた。会社が定期的に取っている「ウォールストリートジャーナル」や「タイム」などのオカタイ物ばかりでは、そろそろ活字中毒になっていたもので。

店に一歩足を踏み入れて、驚いてしまった。日本でも有数な大規模書店と言われながら、この貧相さはなんだろう。

天井の照明は、三流オフィスのような貧乏臭い蛍光灯だし、棚は安物のプリント合板。スペースはダウンタウンのドラッグストアのように狭く、ゆったりくつろげるロビーもない。

その点、アメリカの書店は違っていた。ムードたっぷりのほの暗い間接照明の中、ゆったりとした棚の上には、思わず手に取ってしまいそうな洒落《しゃれ》たディスプレイ。ロビーには、椅子《いす》や観葉植物がさりげなく配置してあったりで、いかにも文化の香りが漂っていたものな。

そもそも客層だって、向こうじゃ大衆は図書館で借り、それなりに所得がある者は書店で買うという、ちゃんとした区分けができている。だから当然、雰囲気的にもリッチだった。

私は、ちょっとがっかりしながら本屋を出た。それからオフィスへ戻る途中の道端で、ふと空を見上げた。

青い空を流れる雲は、ここもアメリカも、形の上ではそう変わらなかった。でもなぜか、その雲を見ているうち、寂しい気持ちに囚《とら》われてしまったのだ。

脱腸が再発したデイビッドは、痛くて泣いていたに違いない。なのに電話もかけないパパは、なんて悪いことをしてしまったんだろう。

　クリスだってそうさ。あの子は時々、歯列矯正のワイヤーの先が頬《ほお》に当たり、血が出てしまうこともあった。あんなに素直でかわいい子なのに。

　ああ、もしかしたら今も、クリスはワイヤーが当たって、痛い思いをしてるかもしれない。そしてあの可愛《かわい》い口の中に、赤い血が滲《にじ》んでいるのかも……。

　そう考えると、無性に会いたくなった。クリスにもデイビッドにも。さらには、いつもあれほど口うるさいと思うジョアンにも。

　オフィスへ戻り、真っ先に呼んだのは、総務部のヤマザキ課長だった。

　入ってくるなり、私は彼を問い質《ただ》した。

「ところでどうなっているのかね。私の住まいの方は」

「ですからこの前お話ししたとおり、いくつかの候補はあがっているのですが……」

「あの後、なにか新しい物件は見つからなかったのか？」

「はは、引き続き鋭意努力中、ということで」

　私は、クリスとデイビッドの顔を思い浮かべながら、ややきつい口調で言った。

「戸建てかマンションか、ということだったが、決めたからな。子供にマンションは良くない。戸建ての方向で探してくれ」

「かしこまりました。全力を挙げて、お気に召す物件を見つけてまいります」

ヤマザキを帰した直後のことだ。私のオフィスの電話が鳴った。

電話は二本あって、一本が秘書経由、もう一本が外部からの直通。鳴ったのは、そのうち直通の方だった。

直通電話の番号を知っている相手となると、人数は限られている。プレジデント・コバヤシをはじめ、社内幹部の何人かと、金融関係のトップクラス。あとは日本に進出してる外資系優良取引先の何社かぐらいのものだ。

誰だろうと思いながら受話器を取ると、それは意外な人物からだった。

「ミスター・バトラー、お元気ですか。ミニストリー・オブ・ファイナンスの寺田です」

ミニストリー・オブ・ファイナンス(M・O・F)とは、日本の大蔵省のこと。つまり電話してきたのは、大蔵省の役人だ。

寺田とは来日以来、正式な席で二度ほど会ったことがある。銀行局の課長補佐で、たしかコロンビアだかプリンストンだかに留学していたようなことを言っていた。

「ミスター・バトラー、いやあ先日はどうも。その後いかがですか」

「ええまあ、なんとかやってますが」

「それにしても、あのかみかぜ銀行をこれほど早く立て直すなんて、すばらしい経営手腕ですねえ。心から尊敬申し上げます」

寺田はペラペラと、やけに調子がいい。

聞くところによると、ほんの数年前まで大蔵省は、邦銀を守るため、外資系金融機関を目の敵にしていたという話だが、今やまるで様変わり。命の恩人扱いだ。

理由は他でもない。ほおっておけばつぶれる日本の金融機関を、我々外資が乗っ取ることにより、最終的に最悪の状況を回避できるからだ。

大蔵省とすれば、邦銀が破綻《はたん》しっぱなしになるよりはずっとマシ、という頭があるんだろう。失業者の問題にしても、顧客保護の問題にしても、いくらかは我々もその後を引き取ることになる。そうすれば世間やマスコミの批判もかわしやすい。

要はレイプだろうがなんだろうが、身元引受人が現れてくれた方がありがたいわけだ。そのレイプの主が、日本人か外人かの違いでしかない。

大蔵省も初めのうちは「外人に買収されるなんてとんでもない」と強硬だったものが、今や破綻金融機関の続出でそうも言ってられなくなり、むしろ「外資系のみなさま、こんなボロボロな娘でよろしかったら、どうぞ召使いとして使うなりなんなりご自由にして下さいまし」というように変わってきた。

そんな変わり身の早い大蔵省の、若手官僚が聞いた。

「ところでミスター・バトラー。近いうち私どもの課長も交え、懇親会のようなものを開きたいと思っているのですが」

「なんのために？」

「ですからその、意見交換の場と申しますか、お互い最新情報をざっくばらんに」

寺田はそう言うが、私にはまったく関心のないことだった。

しょせん大蔵省なんて、我々が直接交渉する相手じゃない。仮に要望事項がある時は、ロビイストを使って、まず合衆国政府へ働きかければいい。

するとすぐ、通商部をはじめとする当該部門のお偉いさんが、日本政府を力ずくで屈伏させてくれる。

そもそもアメリカが日本に、金融市場開放だとかビッグバンを迫ったのは、アメリカの政府が迫ったのではない。我々競争力のあるアメリカの金融機関が、そうしてくれるよう合衆国政府に頼んだ結果なんだ。

後は国と国との力関係。どっちが強いかは、現在の状況がよく証明している。

私は、誘いをくれた日本のエリートに尋ねた。

「ミスター・テラダ、それは公式なものですか。それとも非公式なものですか？」

「どちらかといえば、まあ非公式に近いものでしょう」

「でしたらせっかくですが、遠慮させていただきます。なにぶんまだ、銀行内でやらなくてはいけないことが山積しておりますもので」

その夜私は、大蔵省の寺田へ「忙しい」といった言葉とは裏腹に、マーケット統括役員のエディ・パウエルと、都内の中華料理店にいた。渋谷から代官山へ向かう坂の途中にある、「南国酒家」という店だ。美食家エディの、お気に入りの店でもある。

ちなみにエディは、去年だか一昨年だかに、奥さんと離婚している。以来、現在も一人者で、住まいは会社が用意した、広尾のガーデンヒルズ。都内有数の高級マンションだ。

そんなことから毎晩、食べ歩きと飲み歩きを重ね、夜な夜な東京中に出没しているらしい。

「まあマービン、一杯どうぞ」

そう言いながらエディは、妙ちくりんな形の陶製容器に入った酒を、慣れた手つきで私のグラスに注いだ。その指は肥満がたたって、まるで赤ん坊のようにプンプクリンだ。

「じゃあエディも、ほら」

来日一か月足らずにして、私も日本流の「オシャク」が板に付いてしまった。

紹興酒とやらの赤い酒を、お互いのグラスに満たしてから、どちらからともなく声をかけあう。

「じゃあカンパイ」

「カンパーイ！」

容器同様、これまた妙ちくりんな味の酒を空けた後、最初に運ばれてきたのは「前菜の吉祥盛り合わせ」。今日はエディの勧めで、コース料理を頼んだため、内容もおまかせだ。紹興酒がいまいち口に合わない私だけ、ウィスキーのオンザロックに切り替える。

エディの方は、相変わらず中国の赤い酒でいくつもりらしい。

「エディ、もう日本へきてからどのくらい経《た》つ？」

「三か月ちょいかな。それよりマービンの方はどうよ。そろそろ日本には慣れてきたかい？」

「うんまあ、なんとか。ちょっとどうかなって部分はあるけど、だいたいは」

いちおう副社長の私に対し、エディは取締役部長待遇。位の上ではこっちが上だけど、実質的にはほとんど変わらない。副社長とはいえ、なにも本社のＣＯＯ（最高業務責任者）なわけでもなく、お互い出向社員の身だからだ。

以前、別の銀行でも一緒に働いたことのある、旧知のエディに聞いてみた。

「なあ、正直言ってどう思う。今回の買収、成功すると思うかい」

「うーん、むずかしいところじゃないかな」

「っていうと？」

「タイムリミットさ。収益にしても何にしても、許された期間はあと一年半。その間に、すべての財務目標数値をきっちり出さなきゃいけないだろ」

エディの指摘どおり、アメリカの本部からは、二年以内にＲＯＥ（株主資本利益率）を、現在の三・一パーセントから十九パーセントにまで引き上げろ、と言い渡されている。いわば我々駐留軍に対する至上命令だ。

ちなみにROEとは、企業の収益力を示す代表的な指標で、日本企業は外資系に比べると軒並み劣る。上場企業の平均が、二パーセント前後と言われているくらいだ。

「ところが一方じゃ……」

溜《た》め息をつくエディの後を引き取って、私が尋ねた。

「使えない社員ばっかりだって言いたいんだろ？」

「ま、早く言っちゃえばね。資本を注入する、コスト削減が足りなければ資本が足りなければ米国流の効率的な運営方法を導入するって本部は言うけど、それにも程度ってもんがあるさ。なんだいここの銀行の人間は。マトモに給料に見合うだけの仕事をやってる奴《やっ》なんか、十人に一人もいやしない」

やっぱりエディも、同じことを考えていたらしい。現場の支店長クラスとも会う機会の多い彼は、よりそのことを痛感していたのかもしれない。

もともと外国の企業に比べ、中間管理職の割合の多いのが、日本企業の特徴といえる。現場の支店長クラスというのは、まさにその中間管理職の典型でもある。

ポストが増えれば、自然とそこに就く人間の質は下がる。ポストの数と社員の質は、きれいに反比例するわけだ。

まだうまく使いこなせない箸《はし》と格闘しながら、私は太っちょに聞いてみた。

「その点、コバヤシのオッサンはどう考えているんだろう。背は低いけどあの男、なかなかのキレ者じゃないか。長年、欧米の銀行を渡り歩いてきてるし、現に今も、邦銀からのスカウト話が引きも切らないって噂《うわさ》を聞く。ここでまた一旗揚げたいと思ってるんじゃないかな」

「うーん、どうかね。しょせんコバヤシ氏も日本人だろ。だったらそろそろ、日本に落ち着きたいと思ってもおかしくはない」

「というと、もう移る準備をしてるってわけかい？」

「自分だったらそうするね。マービン、君だから話すけど、正直言ってこの年になると、少し疲れてきた部分がある。たしかコバヤシ氏も、今年で四十七だから」

エディ・パウエルの言うことは理解できた。我々の勤める外銀というのは、二十代三十代のうちは頑張れても、四十になったとたん、ドッと疲れる世界なんだ。

「なるほど、エディの言うとおりかもなあ。実際この私だって、最近なんだか限界を感じてきてるもの……」

異国の地で、少々弱気になり始めたガイジン二人の前に運ばれてきたのは、「北京ダックと海老のトースト揚げ」だった。

うまいものに目のないエディが、さっそく自分のを取り分けながら勧める。

「ま、なんでもいいから、ほら食おうよ。中華は熱いうちが一番さ」

言うが早いかかぶりついた太っちょは、やはり陽気なアメリカンだった。皿の上のアヒルの羽を広げながら、

「ウェウェ、ダックダック」

まるで五歳のガキのようにふざけている。

それにしてもこの男、ニューヨーカーをはじめとする最近のエリートビジネスマンとは、まったくもって正反対の生き方をしてる。

夜型だわ、大酒は飲むわ、スポーツクラブへは通わないわ……。要するに、健康に気を遣わない男なのだ。

「なあエディ、ダイエットとか考えたことないのかよ」

相手の太鼓腹をのぞき込む私に向かい、エディは逆に聞き返してきた。

「ランナーズハイって、知ってるかい？」

「ジョギングやなんかで走ってる最中、気持ちよくなるあれだろ？」

「でもマービン、なんで気持ちよくなるか、わかるか？」

「さあ。きっと血の巡りがよくなるかなにかだろう」

「違う。あれは脳の酸欠状態によって起こるんだ。酸素が足りないからボーッとしてくる。だから気持ちがいい。だけどそんなことを長い時間続けてたら、いったいどうなると思

う？　脳味噌《のうみそ》に酸素が回らなくなって、バカになっちゃうに決まってるさ」

一見、科学的であるようなないような、微妙な理屈だった。

首をかしげる私を前に、エディが続けた。

「それにだ。人間の一生の間に動く心臓の心拍数は、あらかじめ一定と言われている。ということは、ヘタに走って心臓をドキドキさせたらどうだい。本来残されているべき心拍数を早く使い終えて、早死にしちゃうじゃないか」

またもやヘンな理屈。しかし、もしかしたらそれは、ビジネスにも当てはまることかもしれない、と思った。

つまり、投下できる経営資源の量が一定だとするなら、問題はどこにどういう配分で割り振るか、ということだろう。

日本の銀行はこれまで、海外業務も証券業務も、法人取引も個人取引も……、と総花的な営業展開をしてきた。個別の事業採算性なんか考えもせず、「ただよその銀行もやってるから」という横並び的発想だけで。

いい例が、地方銀行の海外拠点だろう。田舎銀行で、ロクに海外進出している取引先もないくせに、カッコばかりいっちょまえ。我も我もと先を競うように、海外の支店や駐在員事務所を増やしていった。

ところがその中で、採算の取れている拠点は二十分の一もなかったというんだからお笑い種《ぐさ》だ。現在地方銀行は、それら海外拠点の閉鎖に追いまくられている。

その点、我々外資系の銀行はというと、得意な分野へのみ経営資源を特化・集中させていく戦略をとった。例えば、投資銀行業務に特化したモルガン、中小企業取引から撤退し、グローバル企業と個人業務に二極特化したシティバンク、合併による広域リテールに特化したネーションズ、バランスのいいニュートラル路線を選んだチェースマンハッタン……。

投下する経営資源の量自体は同じでも、その投下する先が全然違っていたわけだ。

結果はご覧のとおり。日本の銀行は絶滅寸前なのに対し、アメリカの銀行は元気なところが多い。

それともう一つ。心拍数の使い過ぎ、つまり経営資源の投入のし過ぎは、企業の体力低下を招く、ということが言えるだろう。収益率を度外視した規模の拡大、と言い換えてもいい。

総資金量という図体の大きさだけからみると、邦銀は世界のベストテンに数行入っている。なのに収益率でみると、ベスト三十にすら一行も入っていない。

自己資本比率だってそう。邦銀はどこも、あれだけ公的資金の注入を受けときながら、国際自己資本比率（BIS基準）八パーセントをクリアするのがやっと。

一方、我々のホライズン・ステートなど、二十パーセント台の半ばで楽勝クリアだ。

銀行経営も人の人生も、うまく生きるのとそうでないのとでは、かくも差がついてしまう、ということか……。

私は少々心配になって、目の前の友人を見やった。

「なあエディ、コレステロールなんかのことは、考えたことないのかい？　いくらなんでも太り過ぎは健康に悪いだろ」

「いや、そんなこともない。最近の医学的研究では、無理なダイエットによるストレスの方が、太り過ぎそのものより害が大きい、という説もあるくらいだ。つまり気にしないのが一番ってこと。ほら、もっと食おうよ」

まったくこの男ったら、いつもこの調子なんだから……。

それからは、饒舌《じょうぜつ》なエディの独壇場だった。

「マービン、日本のデパートに行ったことあるかい？」

「ブラッと見たことはあるけど、なぜ？」

「それが笑っちゃうんだ。この前、知り合いの出産プレゼントを買いに、子供服売り場へ行ったらさ。なんと『セリーヌ・ベビー』なんてよだれかけが置いてあるんだもの」

「セリーヌって、あの有名ブランドのことかい？」

「ああ。まったくあきれちゃうよ。たかが一歳かそこらの赤ん坊に、ブランド物を着せるなんて」

「それっていったい、誰が買うんだろう。よっぽどの金持ちかな？」

「いや、そこらのウサギ小屋に住んでる庶民が、けっこう買うみたいなんだ。たいして金持ちでもないくせに」

そういうことなら来日以来、私にも思い当たるふしがあった。

「中学生の子供が、平気でブランド品を持ってるのにも驚いたな。加えてあの売春婦風の化粧だろ。猿やキツネみたいな顔のくせに、いったいなにを考えてんだか」

「それを言うならマービン、男だってどうしょうもないや。頭の悪そうなツラに、だらしのない格好。しかも胸板なんか、まるでトタン屋根みたいに薄いとくる。かわいそうな民族だよ、まったく」

まさか日頃、日本人相手にそんなことは言えないものだから、ついつい私たちもホンネが出る。

ふとエディの胸元を見ると、首のところからナプキンをかけ、まるでサイレント映画時代のコメディアンみたいだ。これじゃあ奥さんが、別の男に走ったというのもうなずける。

「帆立貝とアコウ鯛の塩味炒《いた》め」に手を伸ばしながら、私はコメディアンの顔を見た。

「日本ってけっこう、ローワーなクラスが多かったんだな」

「いや、そうでもないよ」

「だってあの中学生や、地べたに座り込んでいる貧相な若者たちは、いったいなんだい？アメリカの感覚からすれば、あんなのまさに社会の底辺じゃないか。親の所得だって、きっと低いに違いないと思うけど」

「マービン、そうじゃないんだ。ああいう連中の親って、実は上場企業に勤めてたりしてるんだよ。所得とかも意外と高くて」

「んん？　わからないなあ」

苦手なブロッコリーを取り分けながら、私はもう一度尋ねた。

「所得が高くて、じゃあなんで、あんなストリートチルドレンみたいな子供ができるんだい？　そもそもストリートファッション自体、低所得者層のものだろうが」

「マービン、それはアメリカの話であって、この国では違うのさ。日本じゃごくフツーの家の子供が、平気であああいう格好をする」

「カネがあるのに、わざわざよその国のローワークラスのマネをするわけか？」

「ああ、売春婦まがいの化粧をしたり、道端に座り込んだりね」

「よっぽど教育水準が低いのかなあ？」

「というよりも、思想や宗教がないからだと思うよ。僕もまだ、よくはわからないけど……」

そう言うエディは、見かけによらずラテン語が堪能《たんのう》だ。ニューヨークにいたときは、毎週週末になると、ソーホー地区の文化人たちが集まるバーに出入りしていたという。そこでカウンターの上によじ登り、即興で詩の朗読をやらかしては、満員の客からやんやの喝《かっ》采《さい》を浴びていたらしい。

そんなエディが、唐突に聞いた。

「なあマービン、もう住む家は見つかったかい？」

「まだホテル暮らしだけど」

「早く決めろよ。そして奥さんたちを呼んでやれ」

chapter 5　白金台の我が家

七月九日（スターバックスでの誓い）

来日したての頃は区別がつかなかった日本人の顔も、最近ようやくわかるようになってきた。

これといったコツはないんだけど、要は髪形や目鼻の形を、まずよく観察すること。そして覚えること。

もしかしたら私にも、少しはゆとりができてきた、ということかもしれない。

そんな私の最近のお気に入りは、会社の裏手に新しくできた「スターバックス」だ。

なぜ気に入ってるかというと、まずコーヒーがうまい。

タケウチ女史が毎朝入れてくれるキリマンジャロも、そのまま保温プレートに載せておくと、昼前には無残な味に変わってしまう。スターバックスだったら、いつ行ったって同じ味だ。

煙草の臭いがしない、というのもいい。

実はこれまで、会社の目と鼻の先に「ドトールコーヒー」という店を見つけ、何回か入ったことがあった。

たしかにあそこは安いし、コーヒーもまずくない。だけど、客がみんなプカプカ煙草を吸いまくるのには閉口してしまう。

どうしてこうも日本人は、みんなが煙草を吸いたがるんだろう。大人から子供まで、まったく信じられないや。

しかも、けっこうな地位も収入もある人が、平気でプカプカやっている。

たしかにアメリカでも、ウォールストリートのビジネスエリートの間じゃ、葉巻がちょっとしたブームではある。がそれは、あくまでも一本百ドル（約一万二千円）の葉巻を、「リンクス・クラブ」のような高級クラブで、軽くオシャレにふかす場合の話。紙巻きの安煙草を、朝から晩まで吸っているなんて、低所得者と相場が決まってる。

先日のエディの話ではないけれど、日本人って、やっぱりどうしても理解できない部分があるな。煙草に限らず、意味不明の笑顔、もみ手、根回し……。なんだか微妙なところで。

そうそう、スターバックスの件だが、先日もう一つ、思いがけない出来事があった。

今から十二〜三年前、私があるマイナーな銀行の為替《かわせ》責任者をまかされてた時、メールボーイみたいな仕事をしている男の子がいた。名前はたしか、ジョニー・フィッシャーとかいって、ドイツ系の金髪碧眼《へきがん》の若者だった。

先週、スターバックスへ行ったら、なんとそのジョニーがいるじゃないか。それもずいぶん立派な格好になって。

いやあ、もうびっくりしちゃったよ。声をかけると、彼も私のことを覚えていてくれた。話によると、ジョニーは現在、某米系大手証券日本法人の、法務アドバイザーをしているという。あのチンケなマイナー銀行を辞めた後、彼はハーバードに通って弁護士の資格をとり、以来数か所の事務所を渡り歩いてから、今の証券会社の顧問になったんだそうだ。常駐の私と違って、ジョニーは二か月に一度程度、用事がある度に日本へ来ているとのこと。アメリカの連絡先を、ニコニコしながら私に教えてくれたっけ。

まあ、そんなこともあって、スターバックスが気に入った私は、先日マグカップまで買ってしまった。それを持っていくと、一回飲む度のコーヒーが、ちょっとばかし安くなるというもので。

よーし、私もジョニーには負けないぞ。絶対、勝者としてアメリカに帰ってやる！こんな極東のわけのわからない地で、オメオメとくたばってたまるもんか！

七月十三日（日本についての味覚的考察）

典型的上昇志向アメリカ人、ジョニー・フィッシャーに刺激され、昨日から私は健康志向に切り替えた。

そういえば、前々から気になっていたことがある。ホテルに備え付けの歯ブラシだ。どうもあれ、具合が悪いんだよな。毛先はチクチクするし、ハンドルだって手にフィットしない。

それにだいたい、一種類の歯ブラシじゃきれいに磨けるわけがない。私がアメリカにいた時なんか、四種類の歯ブラシを使い分けてたくらいなんだから。

歯磨ペーストにしてもそう。なんで日本のペーストは、こうも甘ったるいんだろう。もしかして、あれはみんな子供用なのか？

シャンプーだって刺激不足で、洗っても全然シャキッとしない。ペパーミントの香りがもっと辛《きつ》く、ヒリヒリするぐらいでなきゃ意味ないのに。

ほーんと日本人の好みって、わからないや。会社の奴らもそうだけど、あんな甘ったるい味の歯磨やシャンプーを使ってるから、人間そのものまで甘ピンになっちゃうんじゃないか？

そうだ、後で歯磨ペーストと歯ブラシを買ってこよう。ついでにビタミン剤も補充しとかなくちゃな。

☆　☆　☆

さっき昼休みを利用して、ツーブロック先の薬局へ行ってきたところ。

ふー、いっぱい買っちゃったよ。ブラウンの電動歯ブラシに、テレダイン社製品のウォーターピック（水ジェット式口内洗浄器。ちなみにこれは、私がアメリカの家で使ってたものと同じだ）。それに、それぞれ違った形をした歯ブラシ四本と糸ようじ。

ビタミン剤も、チョコラBBゴルデンはじめ、七種類ほど買ったぞ。

ま、これだけあれば、当分は健康的生活を維持できるに違いない。半分はオフィスに置いて、食後欠かさず飲むことにしよう。

七月十五日（ジョアン、ご機嫌ななめ）

今朝は五時起きに挑戦。前日酒を抜いたためか、けっこう楽にベッドを抜け出せた。

うーん、やっぱりエリートビジネスマンは、こうでなきゃウソだ。たしかにエディは良い奴だけど、あれに付き合ってたら、人生の敗北者になりかねない。

なんたって我々外銀の世界では、競争がすべて。同僚を含め一人一人が、ライバルを蹴落としポストを奪ってやろうと、毎日死闘を繰り広げている。

その点、日本にいると周りが周りだから、どうしてものんびりしてしまいがちだ。ダメ、ダメ、そんなことじゃ。ここは気合いを入れ直さないと……。

そう思い、六時半にはオフィスへ到着した。一番乗りだ。

しんと静まり返った中で、デスクワークを開始する。

こうやって誰もいないところで自分一人、仕事をしていると、なんだか優越感を感じてくるから不思議だ。どうしてなんだろう。みんなが落ちこぼれの無能力者に思えてくるんだもの。

それからの三時間は、快調にデスクワークをこなしていった。

ふと時計を見ると、もう午前九時半。向こうの時刻では、夜の七時すぎにあたる。

軽い疲れを覚えたこともあって、急に家族の顔が思い出された。

来日当初は、いちおう二日に一度Eメールを入れることにしていたけど、このところ、それも滞りがちだった。

（そうだ、クリスに電話してみよう。しかも他人のような口調で。そしたらきっと驚くぞう。可愛《かわい》い声をあげて、「もしもし、どなたさまですか？」なんて聞くだろうな……）

思いたったら即実行。

勝手知ったる電話番号を回すと、おもむろに鼻をつまみ、「セサミストリート」のアーニーみたいな声で言った。

「ハロー、そちらはバトラーさんのお宅ですかあ？　私は世界で一番、バトラー家のお姫様を愛してる、日本に来てまだ一か月の……」

ところが、電話口から聞こえてきたのは、妻ジョアンの声だった。

「マービン、あなたなにバカなこと言ってるの！」

またしても機嫌が悪い。

「おいおい、どうしたんだよ。クリスはいるかい？」

「いるけど、自分の部屋に引っ込んでるわ。歯列矯正のワイヤーが、また口の中に当たるらしくて」

「痛いのかい？」

「まったくもう、当たり前なこと聞かないでよ。痛いから部屋に引っ込んでるんじゃない！　マービン、どうしてあなたは、いつもそう鈍感なの？　ほんと信じられない！」

あーあ、最悪。それにも増して、クリスがあの可愛い口の中から血を流しているかと思うと、無性に気分が落ち込んでしまった。

「じゃあ、デイビッドはいるかい」

「あなた、ふざけてるの？」

「え？」

「デイビッドは再来週、サマースクールなのよ。その予行演習で、昨日からゴードンおじさんの家へ泊まりに行くって、この前メールで送っといたじゃない！　マービンあなた、ちゃんと読んでないの？」

そういえば、三～四日前、そんなのを読んだような気がしないでもない。だけどたぶん、エディとたらふく飲んで帰った時だったんだろう。残念ながら、ほとんど覚えていなかった。

「いや、そうじゃなくて……」

「どうそうじゃないっていうの？」

問い質《ただ》すジョアンの声は、いっそう刺《とげ》を増していた。

「理由があるなら、ちゃんと言ってみてよ。ねえマービン、もしかしてあなた、わたしたち家族のことを愛してないんじゃない？」

「そんなことないさ」

「じゃあなんで、デイビッドの大事な予定さえも忘れちゃってるわけ？　日本の生活は、そんなにお気に入り？」

今日は朝から、せっかく仕事も順調だったのに、ジョアンの声を聞かされたとたん、いっぺんにそのペースも吹き飛んでしまった。

「ねえジョアン、愛してるよ。また電話するから」

拷問《ごうもん》のような時間を長引かせたくなかった私は、そう言うと、はしょるように受話器を置いた。

(あーあ、直接電話だとロクなことがない。やっぱりメールの方がいいや……)

その日の午後、私のオフィスの内線に、総務部のヤマザキから連絡が入った。

「ミスター・バトラー、遅くなってすみません。やっとご自宅用のよさそうな物件が見つかりました」

「どんな物件だね」

「白金台の一戸建てです。バブルの頃は、家賃も軽く月三百万は超えていたそうで、きっとお気に召すかと存じますが」

日本人はよく「バブル」「バブル」と言う。けれど、こっちにはその言葉が、全然ピンとこない。

私はその都度、不可解な顔を見せるものの、鈍感な日本人社員め、いっこうに使うのを止めようとしないのだから困る。

それにしてもバブルなんて、もう十数年以上も前のことと聞いている。なのにみんな、なぜそんな昔のことを、未《いま》だに言いたがるんだろう。過去のことなんか持ち出して、今さらどうなるというのさ。重要なのは、これから先の未来だろうが。

もしかしたら日本人って、それを言い訳にしてるのかも。不況から脱出できない自らの無能力さをゴマかし、責任を取りたくないがために……。

ま、この際そんなことはどうでもいい。とにかく良さそうな家が見つかったというのは、私にとって朗報に違いないのだから。

「物件の間取り図や写真などはあるのかね？」

総務部のヤマザキ課長に聞くと、日本人特有の猫撫《ねこな》で声が返ってきた。

「はいはい、ございますとも。よろしければ、これから副社長室までお持ちいたしますが」

「いや、秘書のタケウチ女史に渡しといてくれればけっこうだ」

親しくない社員に、むやみに立ち入られることが好きでない私は、入室を断った。するとヤマザキ課長は、少々残念そうに、

「さようですか。ではもし物件をご覧になりたい時は、この私がご案内致しますので、なんなりと……」

そう言って内線を切った。

私がやたらと部下を部屋に入れたがらないのには、理由がある。みんなすぐ、無神経にも私のデスクに手をつき、表面に指紋を残すからだ。

考えてみたってわかるだろう？　他人の指紋なんて、よくよく気持ち悪いじゃないか。脂っぽくて、きっと黴菌《ばいきん》なんかもウヨウヨいるに違いない。不潔ったらありゃしないよ。

実はこの癖、アメリカにいた時からそうだったんだが、来日以来、さらに激しくなってきたみたいだ。ちょっと神経にきてるのかな？

総務部からの内線が切れた後、私はインターコムでタケウチ女史に命じておいた。

「いま、不動産関係の資料が届くから、来たらすぐ私の部屋へ持ってきてくれ」

十分後、ノックの音と共にタケウチ女史が現れた。

渡された間取り図と写真を見て、思わずニヤリ。

（おお、けっこういいじゃないか……）

家は完全に欧米仕様で、五つのベッドルームそれぞれに、バスとトイレが付いていた。さらにもう一つゲストルームもある。

リビングルームは、表示が平方メートルなのでいまいち感覚がわからないが、写真で見る限り相当広い。しかも家具付だ。

庭は少々かわっていて、芝生の向こうには松や椿《つばき》の木々が植わっていた。完全な和風庭園というわけではないけれど、けっこうオリエンタルガーデンのムードが漂っていて、池もある。その広さも、デイビッドとキャッチボールぐらいは十分にできそうだ。

私はすぐ、総務部に内線を入れた。この際、指紋うんぬんなど言っておれない。

部屋に呼び付けて決まったのは、さっそく今日の夜、物件を見に行くということだった。

夜だから、周りの環境などはわかりづらいというが、私としては一刻も早く見たかったのだ。

そして五時間後。たった今、例の物件を見に行って、ホテルに帰って来たところだ。

いやあ、なかなかよかったな。妻のジョアンには、これから相談しなきゃいけないだろうが、心の中ではもう決めた。うん、あそこにしよう。

考えてみれば、ここでのホテル暮らしも、もう一か月以上が経《た》つ。正直言って、少し飽きてきたのも事実だった。

リビングの内装は、クリーム色と白のツートンカラー。ダイニングも八人掛けのテーブルが悠々と収まっていた。

キッチンは、GE製の大型冷蔵庫に、作り付けの大型オーブン。ガスコンロもシックスバーナーあった。

主寝室は、ちょっと天井が低いような気もしたものの、広さだけならアメリカの我が家に負けず劣らずだ。クリスやデイビッドの子供部屋にいたっては、むしろ広いくらいだった。

建物の中身の方は、ほぼ満足。後は外装や庭、各部屋からの眺望、周囲の環境といったところだろう。

その点については、一緒に同行した不動産屋もわかっていた。

「副社長様もお忙しいでしょうから、そちらに鍵《かぎ》をお渡ししておきます。どうぞ昼間、お時間が空いた時にでも、ぜひもう一度ゆっくりご覧くださいませ。お気に召された上で、よいご返事がいただければ幸いです」

chapter 6　業績不振

七月十七日（ハート泥棒）

我がアメリカのホライズン・ステート・バンクが、つぶれかかった日本の「かみかぜ銀行」を吸収してから早七か月半。しかし業績の方は、いっこうにはかばかしくなかった。日本現法の社長コバヤシ氏も、このひどさには、そろそろ業を煮やしてきたようだ。今日は朝の六時から、幹部役員たちが招集され、現法としての経営会議が開かれた。

席上、まずコバヤシ氏が口火を切った。

「諸君も承知してると思うが、来月アメリカの本部で、六か月統合計画の達成検討会が行われる。もっと率直に言えば、目標数字に遠く及ばない現実を、この私が本部のチェアマン（会長）やCEO（最高経営責任者）たちの前で発表し、恥をかかなければいけないということだ。それに先立ち、私はリストラの強化を、前倒しで実施したいと考えている。つまり吸収後、二年経ってから行う予定だった従業員の削減を、すぐにとりかかろうというわけだ」

彼の意見も、もっともだと思った。このままの状態があと半年も続いたら、二年の任期を待たずして、社長のコバヤシ氏も副社長の私も、冷たくクビが待っているに違いない。

小柄な日本人ボスが先を続けた。

「これは、できるできないの問題ではない。我々現法の存続にとって、やらねばならぬ問題だ。そこで責任者の諸君にお願いするが、各部署における具体策を挙げてもらいたい……」

コバヤシ氏に次いで、マーケット統括役員のエディが意見を述べた。

「買収した邦銀から手に入れた顧客リストのうち、七割以上が役に立たないとわかったことは、既に前回ご報告したとおりです。残念ながらこれは、買収に当たって実施した事前精査の、倍近くにのぼる数字でした」

エディの言う事前精査とは、我々ホライズン・ステートの本部が、買収の四か月前から行っていたものだ。

目的は、かみかぜ銀行を買収するかしないかの判断材料にするため。本部の専門精査(デューデリジェンス)部隊が入り、徹底的に行ったはずだった。

当時の邦銀は、ディスクロージャーが不十分と指摘されていて、もちろん我々の関心も、隠された不良債権の額にあった。

調査対象の比重も、自然とそこへ向かざるを得なかったし、また日本の行政当局の見解も同様だった。

その検討結果が、今回の買収決定だったわけだけど、不良債権の額なんて、今にして思えば、数ある問題点のうちの一つでしかなかったといえる。邦銀が抱えていた問題は、他にも低採算部門、低採算店舗、低採算人員……、といろいろあった。

もちろん、それらに関する調査はしたつもりで、私たち駐留部隊も来日するにあたり、店舗、部門別の経費率や損益分岐点、適正人員配分、リストラによる改善度合いのシミュレーションなどのぶ厚い報告書を読まされてきた。

ところが、蓋《ふた》を開けてみりゃどうだい。調査のもとになる社内数字自体が、ことごとくウソっぱちだったじゃないか！

そもそも、経費項目の一つ一つからして、いいかげんときていた。有価証券報告書に基づく厳正な数字と思っていたものが、結局は日本人従業員の「保身」と「なあなあ主義」による、お互い暗黙の上での「操作数字」。インチキ極まりない、デッチ上げの数字と言っていい。

本来有能なはずの事前精査部隊も、ある意味ではまんまと、日本の猿顔どもに騙《だま》されてしまったわけだ。

かといって、本社から我々駐留部隊に課せられた目標数字は、あくまで当初の調査結果を基に策定されたものに変わりはない。いくらその数字自体に根拠がなかった、と反論してみたところで、そうそう簡単に本部も納得してくれそうにないことは、これまたわかっていた。

社長のコバヤシ氏をはじめとする幹部九人の前で、エディはおもむろに咳払《せきばら》いした。

「オッホン。見込み違いだった顧客リストの価値ですが、内容についてさらに詳しく分析してみましたところ、さらなる三点の不良要素が判明いたしました。一つは、マーケット別採算点を下回る四十パーセントを超える小口客。二つ目は、将来的にも取引拡大による収益性向上が見込めない、恐ろしく膨大な潜在収益圧迫要因客。ちなみにこれは、過去の統計パターンにあてはめて算出したものです。そして三つ目に、そもそもの統計数字が誤っていたために計上されていた、六割を超える不採算店舗です」

具体的な数字を基に、とうとうと意見を述べるエディの姿は、この前「南国酒家」で紹興酒に酔っぱらっていた誰かさんとは、似ても似つかなかった。ああ見えても奴《やつ》って、けっこう有能なのだ。

エディの後をうけて発言したのが、バックオフィスの実務責任者。

その後も、コンプライアンス・オフィサー、法務スタッフ、人事担当役員……と、各部署を代表する責任者の発言が続く。

当然この私も、リストラ統括責任者としての意見を述べた。

「雇用契約期間終了前の従業員解雇につきましては、現在社内弁護士と最終的な協議中です。現状の問題点を簡潔に言えば、二点あります。一部残っていた、旧組合との存続要項をクリアできるかどうかということと、退職一時金の割増額。私としては、どちらも最終的にはカネで解決できるものと考えているのですが……」

問題はその金額だった。アメリカにもよくいるんだ。会社都合のリストラで解雇される都度、年収の五倍も六倍もせしめる不届きな輩《やから》が。

しかもそれを何回か繰り返すことで、ひと財産築き上げてしまう。

「無能な社員に、それだけはなんとしても回避したいと考えておりまして」

私が続けると、窓を背にした席から、コバヤシ氏が無表情な顔で言い放った。

「今回は、世論やマスコミ、労働省のことなど、まったく気にしなくていい。札ビラをチラつかせてでも、早急にクビを切るように。ただし、チラつかせるのと実際にくれてやるのとは、また別の話だからな」

会議が終わり、自分のオフィスに戻ってから間もなくだった。手元のインターコムが鳴った。秘書のタケウチ女史からだ。

「ボス、ただ今ＢＩＢのオクムラという方から電話が入っています。お取り次ぎいたしましょうか？」

「オクムラ？」

「ええ、女性です」

日本人の名前は難しいので、瞬時にはわからなかったものの、女性と聞いて思い出した。

「ああ頼む。つないでくれ」

オフィスの電話は、たいていホールド・フリーの状態にしてある。そのスピーカーから流れてきたのは、例のセクシーな声だった。

「ミスター・バトラー？　わたしです。先日『ファーガソンズ』でお目にかかった、ＩＲの会社に勤めてる……」

「もちろん覚えてるよ。優秀でチャーミングな、ボブカットのレディだろ」

「ああよかった。覚えていてくだすって」

「あんな素敵な女性を、誰が忘れるというんだい。それにしてもうれしいなあ。君から電話をもらえるなんて」

思わずニヤケ顔になっていた私に、電話口のオクムラ・ヨーコが突然言った。

「ありがとうございます」

「えっ、なにが？」

「ですからコンペです。採用していただき、ほんとうに感謝しています」

「いったいどういうこと？」

意味のわからない私が尋ねると、ヨーコの答えも疑問形だ。

「あれっ、ミスター・バトラー、ご存じなかったんですか？　実はあの後、御社の広報の方から連絡があって、わたしどものプレゼンが採用されたんです」

「でもたしか、君のところは落ちたって」

「それが逆転しちゃったんですよ。だからわたし、てっきりミスター・バトラーがお口添えしてくれたものとばかり……」

なーんだ、そうだったのか。まったくもってトロい広報だ。

そもそもあんなの、最初っからヨーコのところが一番に決まってたじゃないか。でもおかげで、またこうしてヨーコと話すことができたんだから、ま、この際よしとしなきゃ……。

「へーえ、それはおめでとう。頑張った甲斐《かい》があったねえ」

「ほんとうにミスター・バトラーが、取り計らってくだすったんじゃなかったんですか？」

「あくまで君の実力だよ、残念ながら。ところでどうだい？　もしよかったらお祝いかたがた、軽く食事にでも行かないか」

「そんなあ」

「いいじゃないか。実は私もまだ、日本へ来たばかりで、レストラン関係はあまりよく知らないんだけど」

少し間を置いてから、ヨーコの小さな声が返ってきた。

「それじゃ、お言葉に甘えちゃおっかな」

「よしよし、そうこなくっちゃ。だったらいつにしよう」

「わたしの方は、だいたいいつでも」

「例えば今夜あたりは？」

「ごめんなさい、今日の夜はちょっと……」

「じゃあ明日は？」

「ええ、大丈夫です。でもほんとうにいいんですか？　お忙しい一流銀行のＣＦＯの方が、わたしなんかと」

「冗談じゃない。こっちからお願いしている話なんだから」

「そうおっしゃっていただけると、ミスター・バトラー、光栄です」

「それともう一つ、君にお願いがある。ミスター・バトラーは止めてくれ。これからはファーストネームのマービンで頼むよ」

　あんまりうれしくて、電話の後は仕事が手につかなかった。まったく困ったもんだ、いい年をこいた妻子持ちなのに。

　とはいえ、男マービン・バトラー、決める時は決めてみせる。よーし、明日はがんばるぞーっ！

七月二十一日（初デート）

今日は昼過ぎに一度、外出した。タケウチ女史が結婚二十周年だというので、プレゼントを買いに行ったんだ。

どこに行けばいいかわからないんで、太っちょのエディに意見を求めると、無難なところではデパート、少し変わった物にしたいのならソニープラザがいいよ、と言う。

それを聞いて最初、からかってるんだと思った。

「なあエディ、プレゼントに家電製品を贈ってどうするんだい」

ところがよく聞くと、ソニープラザというのは電器屋じゃなくて、いろんな小物類やなにかを売っている、大型のブティックなんだそうだ。

おかげでいいのが見つけられた。青銅と牛革でできた、タケウチ女史の気に入りそうなカギ掛けだ。

エディにはもう一つ聞いておいた。日本の女性が喜びそうなレストランはどこかって。

そしたら、駒沢の「かぶき門」という焼き肉屋か、表参道の「OTTO」というイタリア料理店がいいんじゃないか、とのサジェスチョンを頂戴《ちょうだい》した。

店の名と電話番号をメモに書き止め、よーし、これで準備万端だ。ついでに、今夜予想されるすべての突発事項に備え、ビタミン剤も五錠飲む。

午後は、超ハードなスケジュールだった。

明日、ニューヨークの本部と電話会議が予定されているんで、その資料に目を通したり、予定より大幅に早まったリストラ実施に向け、各担当部署に細かい指示を出したりと、もう大忙し。

新たな人材募集の必要性も出てきた。

当面欲しいのは、日本の銀行間ネットや送金、インクワイヤリーに詳しい人間と、日銀・大蔵リポートの作成経験者。それにトレード・ファイナンス管理の専門家なんかも、できたら早急に採りたかった。

なんだかんだで時計を見ると、もう五時二十分だ。ヨーコとは、六時半に待ち合わせの約束だったから、そろそろラストスパートにとりかからないと……。

十分前に、約束の「ファーガソンズ」へ着きコーヒーを飲んでいると、ヨーコが現れた。

今日の格好は、黒のデザインドレス。襟のところが、ちょっとチャイニーズ風に立っていて変わっている。

「ハーイ」

こちらから声をかけると、彼女も軽く手を挙げ、

「ハーイ、ミスター・バトラー。今日はどうもすいません」

日本人の使う「ハーイ」って、わざとらしくて辟易《へきえき》することが多いけど、ヨーコのは違っていた。とても自然で、チャーミングだ。もしかしたら学生時代、アメリカのどこかにでも留学していたのかもしれない。

食事の希望を聞くと、私におまかせすると言う。そこで迷った末、表参道のイタリア料理店の方へ行くことにした。

店へはタクシーで二十分弱。

着いてみると、想像してたのよりだいぶ雰囲気はカジュアルだ。

店員の薦めるチリ産のワインを頼み、まずは軽く乾杯。

「契約獲得、おめでとう」

「どうもありがとう。ミスター・バトラーも、さらなる日本でのご活躍を」

目の高さへグラスをかかげ、一口含んでから釘《くぎ》を刺した。

「ねえ、この前も言ったろう。ミスター・バトラーじゃなく、これからはマービンで頼むよ、マービンで」

するとヨーコは、なんだかバツが悪そうにモジモジしながら、

「でもそれはちょっと……。『バトラーさん』じゃダメですか？」

おおー、なんたる謙虚さよ。これがあの渋谷界隈《かいわい》をうろついている、売春婦のような高校生どもと一緒の国の女性だなんて、にわかには信じられない。

「わかった。じゃあ当面は『バトラーさん』でいいや。ところで私は君のことを、いったいなんと呼ぼう？」

「ウフッ、おまかせします」

上目遣いに首をすくめるしぐさが、なんとも私の心を捕らえる。

「『ヨーコ』じゃダメかい？　日本女性に対して失礼かな？」

「いいえ、かまいませんよ」

「じゃあヨーコ」

「はい？」

「ヨーコとの再会に、もう一度乾杯だ！」

運ばれて来た「ルーコラ入り青野菜のサラダ」と「ヤリイカのスミ煮」、それに「牛肉のカルパッチョ」の皿を交互につつきながら、目の前の小柄な東洋美女が尋ねた。

「バトラーさん、来日してから日が浅いっておっしゃいましたよね」

「ああ、まだ一か月ちょっと」

「どうですか、日本の印象は」

「そうだなあ、道路が狭いことと、標識が全然わからないことかな」

「お仕事の方は？」

「うーん、正直言って戸惑ってる」

「部下の社員が働かないから？」

私は、ヨーコの発言があまりにも鋭いので驚いた。

「なんでわかったんだい？」

「そりゃわかりますよ。いろんなクライアントさんの会社に出入りしていれば」

そういえば、ヨーコの勤め先はＩＲの会社だった。

ＩＲというのは、インベスター・リレーションズの略。つまり企業が投資家の理解を得るために行う、ＰＲ活動のことだ。

昔から欧米では、経営者の間でも非常に重要視されている。

「仕事は楽しいかい？」

今度はこちらから尋ねてみた。

ヨーコはちょっとうつむき加減に首をかしげ、

「さあ、どうでしょう」

「だってＩＲを手掛けてるんだろ。それならいろいろ個性的な企画やなにかを作れて、やりがいあるんじゃない？」

「本来ならそうなんでしょうけど、相手はみんな日本の会社ですからね。わかってなんかくれないです」

ヨーコの言葉に、私は思わず聞き返した。

「君の企画をってこと？」

「いいえ、IRそのものの重要性をです。ほら、日本の経営者って、投資家のことなんかはじめっから頭にないでしょう。会社はお客様のため、社員のためとか言って」

「なんだいそりゃ⁉ 会社は株主の物に決まってるじゃないか。だったら経営者も、株主のためを考えて当然だろ」

理解に苦しむガイジンを前に、ヨーコはなるたけ丁寧に説明してくれた。

「でもその当たり前が、日本では違うんです。いつも顔は別の方を向いていて、投資家のことなんか全然考えていない……」

「そんなんで株主は怒らないの？」

「会社同士の株式持ち合いが多いですからね。お互い耳の痛いことには、触れないようにしてるんじゃないかしら」

「だからIRも軽視されちゃうわけか」

「そもそも経営者自身が、投資家対策の重要性を理解してないんですよ。せいぜいアニュアルリポートを作っとけば十分くらいに思ってて。そのアニュアルリポートも、ほとんどが業界横並び。当たり障りのないことばかりで、肝心な情報が全然載ってない」

「そういえば、日本企業のアニュアルリポートって、どこもおんなじようなのばっかりだもんなあ。へーえ、そういう事情があったのかあ」

「私の仕事なんか、企画というより、たんなる翻訳屋さんみたいなものですよ」

しっかりしている子だな、と思った。日本人の年齢は、見かけより十歳上だっていうけど、実際いくつなんだろう……。

少なくなったヨーコのグラスにワインを足しながら、さりげなく聞いてみた。

「今の会社、もう長いの？」

「一年半くらいです。その前はまた別のところで」

「外務省の仕事をしてたんです。もっとも外務省といったって、アルバイトなんですけどね。二年間、ミャンマーにいました」

「別っていうと？」

意外な経歴が、ますます彼女に対する私の興味をかきたてた。

「秘書業務なにかで？」

「いいえ、コンパニオン要員ですよ。表向きは外交官のアシスタントということになっているんですけど、実際は大違い。外交官が飲みに行くのに付き合わされたり、まるで私用に使われるんです。だいたい外務省の人たちって、とんでもなくエリート意識を持ってるじゃないですか。だからアルバイトの女の子なんか、軽蔑《けいべつ》の対象なんです。そのくせヘンなところに興味を持っていて、肩を抱いてきたり、お尻《しり》に触ってきたり」

「そりゃひどいな」

私が眉《まゆ》をひそめると、ヨーコも訴えるような目で先を続けた。

「実際、外交官の『なぐさみ者』みたいになっている子とかも多いんですよ。っていうか、それが目的で、わざわざ日本から若い女の子を呼び寄せてるようなもので。つまりあの人たちからすると、現地の女性は病気を持っていたり、何があるかわからないので怖い。でも男だから、せめて赴任地では、羽を伸ばして遊びたい……。そんなために、本採用とは別枠で、二年限りのアルバイトを募集してるんです」

「外務省本体がかい？」

「ええ、日本でもトップクラスのエリートたちが」

「ちゃんと規定の給料を払った上で？」

「それも国民の税金でね。ねえバトラーさん、いったいいくらくらいだと思います？　そういう海外勤務のアルバイトに外務省が払ってるお金って」

「さあ、どうなんだろう。月二千ドル（約二十四万円）ぐらい払ってるのかい？」

「いいえ、もっと。月四十五万円プラス、住居費としてさらに二十万円もらえるんです」

「ということは、えーと……」

即座にドル換算のできない私が、難しい顔をしていると、ヨーコがすばやく暗算してくれた。

「だいたい五千五百ドルくらいかな」

「な、なに、そんなたくさん⁉」

まったく信じられない話だった。それじゃあアメリカ国内の銀行支店長より多い。

私は冗談混じりに聞いてみた。

「ところでヨーコ、君も外交官たちの『なぐさみ者』とやらにされてたんじゃないだろうね」

「まさかあ！」

その声は、笑うように明るかった。静かにしゃべる時のヨーコも、理性が感じられて魅力的だが、こうして表情をくずした時のヨーコも、また親しげで別の魅力があった。

二人の仲が、急接近したような錯覚に囚《とら》われた私は、脚を組み直しながら尋ねた。

「そもそも君が、外務省のアルバイトをしようと思ったのはなぜ？」

「うーん、それがね……」

一瞬はにかんだ表情を見せてから、ヨーコは答えた。

「結局みんな、女の子じゃないですか。だから外国で働けるなんて言われると、つい話に乗っちゃうんですよ。向こうの生活へのあこがれもあるし」

「ヨーコもそうだったの？」

「ええ、やっぱり。だって日本の会社にいても、どうせお茶酌みでしょ。キャリアが積める仕事をまかされるじゃなし、そもそも最初から希望がないわけで。とはいっても、うーん……。実際やってみて、外務省の仕事は合わなかったなあ。コンパニオンさせられて、ちょっとでもプライベートな誘いを断わると、もうボロクソにけなされて……。毎晩家へ帰ってくる度、泣いてましたよ」

そう言うとヨーコは、テーブルの上のワイングラスを見つめていた。

「さ、元気を出して楽しくやったら？」

「どうもありがとう」

うながされるままグラスを差し出すヨーコ。量はさほどじゃないものの、そこそこいけるクチのようだ。

そんな彼女が、手元のグラスから目を上げた。

「バトラーさんって、どちらに住んでらっしゃるんですか？」

「私かい？」

「ええ。今そう聞いたじゃないですか」

自分でもヘンな受け答えだと思ったんだが、ヨーコもやはり思ったらしい。クスッと笑いながら、もう一度気遣うように言った。

「いいんですよ。話したくなければ」

「いや、そういうわけじゃなくて……」

別に隠すことでもないので、正直に答えた。

「まだホテル暮らしなんだ」

「日本へ来てからずっと？」

「うん、もう一か月半もね。日比谷パーク前の帝国ホテル」

てっきり私は、その後家族のことなども聞かれるものと思っていた。結婚しているかとか、子供は何人いるかとか……。

ところがなぜか、ヨーコはそれ以上聞いてこなかった。

私は、運ばれて来たばかりの「渡《わた》り蟹《がに》のトマトソースパスタ」を取り分けてから、真正面に位置する彼女の顔を見た。

「実は今、よさそうな家が見つかってね。そこに移ろうかって思ってるんだ」

「場所はどちら？」

「シロガネダイ」

「わーあ、あそこらへんって高級住宅街ですよ。さすがはＣＦＯ！」

まるで自分のことのようによろこぶ、ヨーコの表情が愛くるしい。

そんな彼女の笑顔が見れること自体、私にとって、目の前に並ぶ料理の何十倍ものごちそうだった。

「あっ、そうだ」

ある物を思い出した私は、背広の内ポケットへ手をやった。

そこには、こないだ物件を見に行った際、不動産屋から手渡されていた鍵《かぎ》があった。昼間もう一度来て、いつでも見ることができるようにと預かったやつだ。

封筒に入ったままの鍵を取り出しながら、彼女に軽く尋ねてみた。

「ねえヨーコ、もしよかったら見てくれないかな」

「おうちをですか？」

「うん。あそこに決めようとは思っているんだけど、契約の前に第三者の意見も聞いときたいし」

「…………」

無言のまま、ちょっと考える仕草を見せるヨーコ。

「ほら、キッチンやなにかって、男だとよくわからないだろう」

「うーん、そうねえ……」

少し間を置いてから、ヨーコはようやくうなずいてくれたものの、その顔つきは、「だったらそのうち……」という、不確かなニュアンスを残していた。

私は待てなかった。

「この後どう？」

「えっ」

「ダメかい？　もしなんだったら、また別の日でもいいんだけど、できたら」

ヨーコは再度、わずかに首をかしげていた。が、目の前のワインを口に含むと、すぐまた元の柔らかい顔つきに戻った。

「いいですよ、じゃあこれからで」

住所は幸い、鍵の入った封筒にメモされていた。

タクシーの運転手にそれを告げ、西麻布から広尾を抜けて、白金台へと向かう。

時刻は九時。都会の夜は、まだまだ宵の口だ。

さっきのレストランで開けたワインボトルは二本だった。そのうちの一本は、まだ半分ほど残っていたので、ウェイターに頼んで持ち帰らせてもらった。

そういえば日本のレストランって、時々ワインの持ち帰りを嫌がるところがある。いったいなぜなんだろう？　ちゃんとカネを払ってるのに。

しかも、こっちが無理に頼もうとすると、なんだか貧乏人でも見るような顔をされることがある。

冗談じゃないよ。残ったワインを捨ててしまう方が、よっぽど貧乏人のすることじゃないか。

それに少なくとも、当のウェイターよりはこっちの方が、収入も地位も高いはず。なのに、あからさまに軽蔑《けいべつ》の目で見られるんだから、まったく日本ってのはおかしな国だ……。

わたしはタクシーの中で、来日以来疑問に思っていたそのことを、ヨーコにぶつけてみた。すると彼女の意見も同じだった。

「わたしもシアトルにいた時、アメリカ人が平気でボトルを持ち帰るのを見て、最初『アレッ』と思ったんです。だけどよく考えてみると、それって当たり前のことなんですよね。むしろヘンに見栄《みえ》はって、ほんとは持って帰りたいのに置いてくる日本人の方が、なんだかよっぽどバカみたい。精神が屈折してますよ」

「シアトルって、君、アメリカに住んでたことあるの？」

「ええ、ほんの一年間ですけど」

「仕事の関係で？」

「いいえ、留学です。わたし、上智っていう日本の大学の英文科だったんですけど、英文科出て英語もしゃべれないんじゃしょうがないでしょう。それで三年の時、留学の希望を出したら、運よく通っちゃって」

「そうかあ。だからそんなに英語がうまいんだあ」

話を聞いて、私はますますヨーコに親しみを覚えた。

「シアトルの生活はどうだった？　あいにく私は、西海岸には住んだことがないんだけど」

「楽しかったですよー。おもしろいお店とかもたくさんあったし。もちろん最初は苦労しましたけど、最後の方は、もう泣く泣く帰ってきたって感じで」

「じゃあ今度、機会があったらシアトルの街を、ヨーコに案内してもらわないとな」

そうこうするうちに、クルマは白金台へとさしかかっていた。

聖心女子大の脇《わき》を抜け、その先を少し行ったところが、借りようとしている物件だ。

「お客さん、たぶんこの辺りだと思うけど」

運転手に告げられ、タクシーを降りる。

二軒ほど先に、見覚えのある建物があった。

街灯はともっているものの、明るいのはほんの道路の一部だけ。青銅製の門扉を開けて一歩入ると、敷地の中はほとんど真っ暗だ。

玄関へ続くアプローチの途中で、ヨーコがつぶやいた。

「なんだか怖いな」

「大丈夫。足下に気をつけて」

玄関扉の鍵穴を探すのに難儀はしたが、なんとか侵入に成功。ところが中は、もっと暗かった。

「ありゃあ、まいったな……」

手探りでやっと見つけた壁のスイッチをひねっても、天井の電気はいっこうについてくれない。

「どこかにブレーカーがあるはずだけど。ねえバトラーさん、勝手口はなかった？」

「たしかこの裏の方にあったと思う」

「じゃあその近くじゃない？」

私は手探りの状態で、そろそろと廊下を進んでいった。気がつけばヨーコは、しっかり私の左腕をつかんでいる。

右手前がサービスルーム、左手にはリビングと間続きのダイニング。キッチンはさらにその奥だ。

勝手口は、そのキッチンとバスルームの間にあったような気がする。

「ゆっくりでいいからね」

ヨーコをかばって声をかけると、彼女は返事をする代わりに、ギュッと私の腕を強く摑《つか》み返した。

とその時だ。廊下の突き当たりに、ちらりと動くものが見えた。なにぶん暗いのでよくわからないが、たしかに動いた。

「!!……」

二人とも、思わず足がすくんだ。

彼女の肩に手を回し、手前に抱き寄せる。きゃしゃで、今にも壊れそうな肩甲骨だ。

「誰だ！　だれかいるのか⁉」

ヨーコを抱き寄せたまま、闇《やみ》に向かって問う。

反応はない。もう一度どなる。

「おいっ、いるのなら出てこい！」

こんな時、せめてライターでもあれば、と思ったんだが、あいにくタバコを吸わない私たちに、そのテの持ち合わせはなかった。

「ねえ、もう出ましょうよ」

私の腕の中で、ヨーコのきゃしゃな肩が震えている。

「いや、気のせいかもしれない。もう少し先へ行ってみよう」

勇気をふり絞り、さらに廊下を進む。なんだかブルース・ウィリスにでもなった気分だ。

前方のみならず、左手のリビングや、後方の玄関側にも気をつけながら、一歩、二歩……。

するとほどなく、さっき動いたものの正体がわかった。要は、突き当たりのダイニングへ抜けるガラス製のドアに、自分たちの影が映ってただけじゃないか。

「なーんだ、そうだったのか！」

「あたしもう、心臓が止まりそうになっちゃったあ！」

一瞬にして緊張がほぐれた私たちは、思わず手に手を取りながら笑い合った。生死を共にした（？）仲だけに、とても昨日今日の関係とは思えない。

さんざん笑った頃には、目もだいぶ闇に慣れてきた。同時に、庭側の窓からは、向かいのマンションの明かりが差し込み、部屋の様子もだいたいわかるようになった。

「さてと、ここがキッチンだけど」

「あっ、あれじゃない？」

薄暗闇の中でヨーコが指す先に、肝心のブレーカーはあった。

背伸びして、手当たり次第スイッチを上げると、パッと辺りが明るくなった。あんまり急に明るくなったので、目を開けているのがつらいぐらいだ。

見るとヨーコも、自分の目の上へ右手をかざし、たいそうまぶしそうにしている。

「大丈夫かい？」

「ええ、私の方は。バトラーさんこそ、どうもお疲れ様でした」

そう言ってニコッとほほ笑むヨーコの、なんとも可愛《かわい》らしいこと。若干小首をかしげるような仕草が、どうやら彼女の癖らしい。

部屋の中を見回しながら、感心するようにヨーコが漏らした。

「へーえ、すごいですねえ。やっぱり一流銀行のＣＦＯさんが住む家は豪華なんだなあ」

「そんなことないさ。どうせ会社が借りてくれてるだけなんだから」

「家具もひととおり備え付けてあるんですね」

「ああ、いちおう」

リビングの中央には、カーキ色に染められた、大きな革製のソファが置かれている。

ヨーコはそれに目を止めると、小さく伸びをして、

「あーあ、なんだか疲れちゃったみたい」

私も同感だった。

どちらからともなくソファに歩み寄り、隣同士腰をおろす。お尻《しり》の柔らかい沈み具合が、なんとも心地好い。重みのせいで、二人が内側へ傾き、座った場所以上に間隔が狭まった。

私の右手には、さっきレストランからもらってきた、飲みかけのワインボトルが握られていた。

「なあ、これ飲んじゃおうか？」

「ここで？」

「うん。どっかにグラスないかな」

サイドボードを開けると、かろうじて湯飲み茶碗《ぢゃわん》が一つ、棚の上へ置き去りにされていた。

「しょうがない、これでいいや」

ヨーコの隣に座り直し、古ぼけた茶碗にワインを注ぐ。

「はい、どうぞ」

手渡されたヨーコが聞き返した。

「バトラーさんは？」

「私はラッパ飲みさ。行儀悪いかい？」

「ううん、かまいませんよ。アメリカ人らしくって、私そういうの好きだから」

目の前のテーブルに足を投げ出し、背もたれに体を預けると、さらに心地いい態勢になった。ヨーコも真似《まね》をして、黒の網目のストッキングに包まれた脚を投げ出す。

広い屋敷の中にたった二人。絵も花もない殺風景な空間の中にこうしていると、なぜか不思議な感覚にとらわれる。

「ずっと昔、たぶん小学生の頃かなあ、やはりこんな体験をしたような気がするけど」

私は誰とはなしに、半分自分自身に向かって話しかけた。

すると隣に座っているヨーコも、同じく正面へ顔を向けたまま、

「ほーんと、なんだか合宿かキャンプみたい」

まるで過ぎ去った青春を、懐かしむような言い方だった。

「かもしれないな。もしここが河原で、この大きなテーブルが焚《た》き火だったら……」

ラッパ飲みするワインの味も、まんざら悪くない。程よい酔いが、いっそうこのソファ

から、腰を上げさせたくなくしている。

「ねえ、バトラーさん」

ふいにヨーコが尋ねた。

「ん？」

「バトラーさんって、挫折《ざせつ》したことありますか？」

「そりゃあるよ」

「例えばどう？」

「だから仕事の上での競争とか、いろいろと」

「失恋は？」

「それもたぶん、あるだろうなあ」

少し照れのある私が、とりあえず答えると、ヨーコは人の顔をのぞいてクスッと笑った。

「ふーん、だったら安心した」

「安心したって、どういう意味だい？」

「別に。ちょっと聞いてみただけ」

私の左側に座っていたヨーコが、湯飲み茶碗を口に運ぶ。その手はまるで、子供のように小さかった。

「比べてみようか」

ふとそう思った私が、左手を差し出す。するとヨーコもまた、自分の右手を差し出した。重ね合わせた二人の手は、テキサス州とルイジアナ州ほどに違っていた。

「わーあ、こんなに大きさが」

「じゃあ今度は、もう一方の手で比べてみよう」

並んで座っていただけに、反対の手は比べにくい。

二人とも、体をねじ曲げるようにしながら、上半身だけが向き合う。そしてお互いの手を重ねると、ほのかにストロベリーの香りがした。

私はヨーコの手をギュッと握りしめた。彼女は逆らわなかった。

それからゆっくり手を離すと、軽く抱くように、腕をヨーコの頭の後ろへ回した。ただしいやなにも、無理やり押し倒しどうかしてしまおう、なんて気は毛頭なかった。ただしばらく、このきゃしゃでか弱い日本のレディを、そっと抱きしめていたかった……。

腕の中のヨーコは、まるで子猫のようにおとなしかった。その小さな頭を、黙って私の胸にもたげ、動かずにいる。

お互い何も口を開かなかったけど、なんだかとても幸せな時を感じた。

少しの間を経て——それが二分だったか十分だったかは、自分でもよくわからない——私は右手を、やさしくヨーコの顎《あご》の下にそえた。

「さあ、顔を見せてくれないか」

ゆっくりと頭を持ち上げるヨーコ。額には、乱れ髪がかかったままだ。ていねいに前髪を払ってやると、ようやくヨーコの黒い瞳《ひとみ》が現れた。知的でいながら情緒的な、なにかを訴え掛けてくるような目だ。

「ん？」

「ヨーコ……」

聞こえるか聞こえないかぐらいの小さな声で、彼女が私を見上げた。

「だからヨーコ……」

「なーに？」

次の瞬間、私の唇は、ヨーコの額の上にあった。それから瞼《まぶた》の上へと移っていった。ヨーコは瞳を閉じ、頭を後ろのソファへとあずけていた。

私の唇が、ほっぺたを伝わって唇にさしかかろうとした時、初めてヨーコが、わずかに体をこわばらせた。

言葉ではなく、彼女のか細い肩にかけた手のぬくもりを通じ、大丈夫だよ、と告げる。

私の唇がヨーコの唇に触れた時、さっきのストロベリーの正体がわかった。ルージュの上に重ねてひいた、艶《つや》だしのほのかな匂《にお》いだった。

私はいったん、彼女の顔から唇を離した。そして自分のほっぺたを、下にいるヨーコのほっぺたの上へ押し当てた。

顔をうずめたその首筋からは、ほんとうのヨーコの香りがした。それはストロベリーなんかより、もっと甘く、もっとセクシーな、この世でいちばん幸福に浸れる匂いだった。

ヨーコの胸元へ目をやると、真っ白な肌にはただ一点のシミもない。日頃ソバカスだらけの、妻ジョアンの胸元を見慣れている私としては、ほとんど驚きに近いことだった。

剃《そ》ってから半日以上たった、私のヒゲが痛かったのかもしれない。ヨーコが身をくねらせたので、静かに顔を引いた。

下になったヨーコは、無言で私の顔を見つめていた。私の本心を推し量るような瞳だった。

再度顔を近づけ、唇を重ねる。髪をなでていた手を、脇腹へもっていく。

ヨーコは、これといった抵抗はみせなかったけれど、決して積極的というわけではなかった。相変わらず唇は閉じたままだったし、両腕は自分の胸元を守ろうとしていた。

私の右手が、その腕をのけようとした時、ヨーコが小さく訴えた。

「お願い、やさしくして……」

私はその夜、日本語を勉強することに決めた。

それまで、「どうせ日本にいるのは、たった二年なのだから」と、覚える気などさらさらなかった私だが、やっぱり始めよう。そうすればヨーコとも、もっとコミュニケーションが図れるはずだ。

そうだ、明日さっそくエディに聞いてみればいい。この前あいつ、日本語会話の小さな本を持っていたからな。それと同じのを手に入れて、日常会話ぐらいできるようにしてやるんだ。

そしてこの次ヨーコに会った時は、日本語で「アイラブユー」と言ってやろう。

よーし、なんだか急にやる気が出てきたぞ。

chapter 7　ダメ社員駆逐作戦

七月二十七日（八つ橋問答）

このところ私は、極めて優秀なビジネスマンだ。ニューヨークのエグゼクティヴみたいに、だいたい七時には出社している。

今日も朝早くオフィスに着き、一仕事どころか五仕事ぐらい一気にこなした。

そして十時頃、ふらっと私の部屋を出て下の階へ行くと、女子社員がなにやら小さな物を配っていた。ひとつひとつティッシュにくるみ、大事そうに扱っている。

その近くを、たまたまニノミヤが通りかかった。ニノミヤといえば、ゴマすりだけが取り柄のくせに、先日、合理化推進責任者なんぞに就きおった不届き者だ。

私は彼を呼び止め、尋ねてみた。

「あれはなんだ？」

「ジャパニーズ・フェイマス・コンフェクショナリー、『ヤッハシ』です」

言うなりニノミヤは、配っていた女子社員に命じ、私のところへ持ってこさせた。匂いを嗅《か》ぐと、ほのかにシナモンの香りがする。

「この皮の中に入っている、ハラワタみたいに透けて見えるのはなんだ？」

「アンコといいます」

「動物の糞かなにかじゃないのか」

「いえいえ、小豆《あずき》から作ったものです」

「ふーむ……」

私が眉間《みけん》にシワを寄せていると、ニノミヤは低い腰をいっそう低くし、

「ささ、どうぞお試し下さい」

いつものように、もみ手を欠かさない。

一口嚙むと、甘い味が口の中へ広がった。正直言って、けっこういける。

「しかしなんで、こんな菓子なんかを配ってるんだ？」

「旅行に行った社員がおり、その者が買ってきたおみやげを配っているのです」

「なんのために？」

「社員同士の和を保つためです。これは日本企業の美徳なのです」

なにかにつけてニノミヤは、和だの美徳だのを強調する。そうすれば、すべて説明つくとでも思っているらしい。

私から言わせれば、これだから日本の企業は事務の生産性が上がらない、ということに

なる。

「そんなこと言ったって、しょっちゅうじゃないか。しかも就業時間内に」

問い質《ただ》すとニノミヤは、へつらい笑いを浮かべ、

「ですからそれも、伝統なのです。お互い心を一つにし、力を合わせて仕事に励むための」

「菓子を食いながら仕事に励むのか？」

「いいえ、そうではなく、これはいわば潤滑油のようなもので……」

「潤滑油がないと、君たちは働かないのか？　給料を払っても、それだけではダメだと言うんだな」

とそこへ、ひと悶着《もんちゃく》を聞き付けたニノミヤの取り巻きたちがやってきた。

「まあまあバトラーさん、ここは日本なんだから」

なんだかまるで、目くじらを立てるこっちの方が大人気ない、とでも言いたげな口振りだ。どうやらこいつら、いまだに状況がわかってないらしい。

「なあ、君たち」

私は威厳をつけるため、一段声を低くして言った。

「もはやここは、日本企業じゃないんだぞ。場所は日本でも、アメリカ資本に株式の過半を握られた『元日本企業』なんだ。ドゥ・ユ・アンダスターン？」

「それはそうですが、でも……」

「でもなんだ？」

「いいえ、なんでもありません」

ニノミヤと取り巻きたちは、渋々といった表情で去っていった。

しかしあのぶんだと、また社長のコバヤシ氏のところへタレ込みに行くかもしれない。

事実、こないだもそうだった。私がちょっときついことを言ったら、日本語で書いた直訴状みたいなものを、コバヤシ氏の下へ持っていった。同じ日本人なら、わかってくれると思ったんだろう。

それにしても、まったく理解度の低い連中だ。そもそもプレジデント・コバヤシの仕事は、そういうニノミヤみたいな奴《やつ》らを辞めさせ、会社を合理化することなんだから。

案の定その後で、コバヤシ氏も笑っていたっけ。自分からリストラ候補に加えてくれと、自己申告しにきたようなものだって。

あー、なんでもいいけど、使えない奴は早く去ってくれないか。頼むよニノミヤと、そのお友達のみなさん。

自分の部屋へ戻った私は、契約満了前のリストラについて策を練った。そして今やっと、案がまとまったところ。

要は訴えられても、裁判で負けなければいいわけだ。だったらやはり、これしかないだろう。

まずはすべての部署において、ノルマを三倍に引き上げてしまう。それが達成できない人間は、次からの給料は三分の一だと宣告してやろう。

管理職については呼称を変えて、その数も四分の一にしてしまえばいい。

乗っ取ってから既に八か月。そろそろどいつがダメで、どいつが使えるかということが、我々駐留部隊にもわかってきた。

依願退職の割増金は、早く辞めれば辞めるほどたくさん出るようにしよう。反対に契約満了時以降に辞めても、ビター文出ないことにする。そうすればいくらアホな連中でも、真剣に損得を考えるだろう。

労働組合の方は、今のところまったく問題ない。吸収合併に当たって再雇用契約を結んだ際、解雇条件について徹底的に明文化してあったからだ。

そこは我々、契約社会でもまれたアメリカ企業のこと、法的には完璧《かんぺき》な手を打ってある。ぬかりなんかないさ。

もし反乱が起こるとすれば、旧かみかぜ銀行時代の組合生き残り組が、ゲリラ活動で対抗するぐらいだろうが、それだって大丈夫。雇用契約に反した具体的事実をあげ、裁判で闘えばいいだけの話なのだから。

さらに、会社に対して巨額な利益的損失を与えたと、逆に損害賠償を請求してやることだってできる。やれるもんならやってみろって。

問題は、これらリストラ策をいつから実施するかだ。来週ちょうど、社長との朝食会があるから、そこへ社内弁護士も同席させて相談するか。

ま、どうせあのクールなコバヤシ氏のこと、すぐにやれと言うに決まってるんだけど……。

七月二十九日（妻に異変が!?）

五時きっかりに仕事を終え、途中食事をとってから、ホテルに帰ったのが七時前。今日の夕飯は、赤坂のアメリカンクラブ内にあるダイニングだった。

それにしても、あのアメリカンクラブというのはいい。駐日大使館職員や一流ビジネスマン専用なので、すべて英語で注文できる。

その点、ヘタなレストランへ入ると困ってしまうんだ。メニューがたいていカタカナだから、何が書いてあるのかチンプンカンプン。

この前なんか、英語が通じないので適当なのを頼んだら、現れたのはなんとサーモンの蒸し焼きときた。まったくもう、よりによって私のいちばん嫌いな料理が出てくるなんて。

しょうがないので、別のをもう一回頼んだところ、今度はサラダ二つとパインジュースが出てきた。ヤギじゃあるまいし、なんという夕食だ。

もっとも今日は、我がアメリカンクラブだから大丈夫。しっかりタルタルステーキと、ついでにロブスターまで食べてきた。

その後、バスに入ったり、雑誌をめくったりしてから、九時半には床についた。慣れれば、エグゼクティヴ流早寝早起き生活も悪くない。

ところが……。熟睡してる最中、突然電話の音でたたき起こされた。

時計を見ると夜の十一時。

フロントから取り次がれ、聞こえてきたのは、妻の母クレア・ラッセルの声だった。

「ねえマービン、今ちょっといいかしら？」

「どうぞ。私の方はかまいませんけど」

まさか「今寝てたとこなんだぞ」と言うわけにもいかず、義理の息子らしくていねいに答える。

クレア・ラッセルが直接、私に電話をしてくるなんて、そうそうあることではなかった。ましてや国際電話となると、ひょっとして、よほどの用件かもしれない。

「いったいどうされました？」

私が水を向けると、クレアは深刻そうな声で話し始めた。

「ジョアンのことなんだけど」

「彼女がなにか？」

「マービン、あなた知ってるかしら。最近ジョアンが、なんだか妙なものに凝ってるのを」

「妙なものって？」

「この前、たまたま遊びに行ったら驚いちゃったのよ。家の中を薄暗くして、煙みたいのを焚《た》いて。部屋の真ん中でジョアンが、裸足でボーッとしてるの」

「その時、チーンとかグワァーンとか、船酔いしそうな音楽がかかってませんでした？」

「ええ、かかってたわ」

「だったら大丈夫ですよ。またヒーリングでもやってたんでしょう」

「ヒーリング？」

既に七十を超えているジョアンの母クレアは、ヒーリングの意味を知らないようだった。

「夫の私にもよくはわからないんですけど、そうやって精神を自然に帰すらしいんです」

「精神を？」

「ええ。ネイティヴ（先住民族）の人たちなんかが、昔からやってる儀式だと言ってました。だんだんうまくなると、他人の前世がわかったり、心が読めるようにもなるとか」

「まあ嫌だ。薄気味の悪い……」

電話口からも、クレアの顔をしかめる様子が想像できた。

「お母さん、心配いりませんって。彼女はちょっとした趣味でやっているだけです。それ以上の意味はありませんから」

ジョアンがヒーリングに興味を持ったのは、半年ほど前、地元大学の市民講座を聴講してからだった。以来、いろいろな本を読んだり、同好の士といっしょにネイティヴの人を訪ねたりしていた。

とはいえ、そのために家事の手を抜くとか、クリスやデイビッドの教育に悪い影響を与えるなどはまったくなかったので、私も安心していたわけだ。

不安の消えない義理の母に、私はもう一度付け加えた。

「ほんと、心配いりませんよ。ジョアンを信じてあげてください」

対するクレアの方は、私の言葉など、ほとんど聞いていなかった。

「ねえマービン、あなた帰ってくることはできないの？」

「帰るって、アメリカにですか？」

「そうよ。何も日本なんかにいることないわ。クリスやデイビッドのこともあるし、今すぐアメリカに帰ってらっしゃい」

「ちょっと待ってくださいよ、お母さん。まだ日本にきて二か月も経《た》ってないんですよ。

仕事だってこれからという時に」

「マービン、何を言ってるの。大切なのは仕事より家族でしょう」

「そりゃまあ……」

「ジョアンのことだってそうですよ。あの子、あなたが日本へ行ってしまったんで、それであんな薄気味悪い儀式を始めたんだわ。ああ、なんて可哀《かわい》そうな子なんでしょう。ジョアンったら、きっと頭がヘンになってしまったんだわ」

「お母さん、そんな……」

「ああ、可哀そうな私の娘ジョアン。もしものことがあったら、マービン、あなたのせいですからね！」

ようやく、受話器が置けたのは、それから三十分後のことだった。

ほーんと、あの親子にはまいっちゃうよ。ジョアンにはいつも辟易《へきえき》させられてるけど、母親のクレアも、それに輪を掛けて勝手な事を言うんだから。

おかげで目が覚めてしまって、もう寝付けないじゃないか。しょうがないから、備え付けのミニボトルで一杯。

あーあ、ここ何日間か続いてたエグゼクティヴ的生活も、これであえなくストップか……。

八月一日（引っ越し大作戦）

この前見に行った白金台の借り上げ社宅は、無事契約も完了。いつでも住める状態になっていた。

そこで今日、ようやくホテルからの引っ越しとあいなったわけだ。

引っ越しと言ったって、ロクに荷物なんかありはしない。自分のメルセデスで、二往復もすれば楽勝だった。

ところが朝一番で、ホテルにニノミヤたちが押しかけて来た。

あいつらいったい、どこからそんな情報を聞き付けたんだろう。

「ニノミヤ様がロビーにてお待ちです」

そうフロントから連絡があったので、怪訝《けげん》な顔でエレベーターを降りていくと、ロビーにはニノミヤと、その取り巻きの子分たちが、ずらりと居並んでるではないか。

しかも全員判で押したように、似合いもしないゴルフウェア姿。中にはロープやガムテープを手にしている者までいる。

いいかげんにしてくれ、という以前に、もう恥ずかしいったらない。

なにしろ、似合いもしない格好の一行は、総勢十数名。おまけに私の顔を見るなり、全員起立して「おはようございますっ！」の大合唱ときた。

ロビーには当然、他のお客もたくさんいたから、みんなの目は私に釘付《くぎづ》けだ。

すぐさま私は、連中に宣告した。

「ここはカントリークラブじゃない。全員どうか、すみやかにお引き取りを」

ところがニノミヤたちめ、勝手に軍手をはめて、私の部屋へ踏み込もうとしてきたからたまらない。

あせった私は、ロビー脇《わき》のフロントに駆け込んだ。

「あの男たちを入れないでくれ。私には、宿泊客として彼らを部屋に通す意思はまったくない」

ニノミヤが私の背中に向かって叫ぶ。

「ミスター・バトラー。我々はあなたの、お引っ越しの手伝いにあがったのです！　ど、どうかお役に立たせてくださいっ!!」

それからは、フロント係やらベルボーイやら、ホテル側の従業員まで巻き込んで、ニノミヤたちとすったもんだの押し問答。私はといえば、さっさと自分の部屋へ引き返した。

あせった理由は他にもあった。部屋にはこの日の手伝いのために、ヨーコが来ていたからだ。

ちなみにヨーコとは、あの後も何度か食事に行っていた。

引っ越しは、そのヨーコと二人きりでするつもりでいたんだが、ニノミヤのせいで騒ぎが大きくなってしまったものだから、もうたいへんだ。気を使ったフロントが、ベルボーイを一人、荷物運び専用につけてくれた。おかげで、あっという間だった。もともと荷物が少ないところへもってきて、三人がかりで運んでしまったんだから手間はない。

引っ越しを終えた白金台の一戸建ては、それでも悲しいほどに殺風景だった。どう殺風景かというと、家のスペースに比べて、物の量が極端に少な過ぎたんだ。花瓶や絵はもちろんのこと、カーテンやテーブルクロス、ボードの中のグラス類、キッチンの壁に掛かる鍋つかみ、まな板、バスマット、テレビをはじめとする家電製品……。とにかく本来、家にあってしかるべき、ありとあらゆる物が欠けていた。

いちばん困ったのはタオルだった。トイレットペーパーはウォッシュレットなので、まだなくても我慢できるけれど、タオルや簡単な食器類がないというのは、やはり問題がある。

そこで必要最低限のものだけを、とりあえず近くのコンビニで調達。気づくともう、夕方になっていた。

「なあ、なにか食べに行こうか？」

腹の減った私がヨーコをさそうと、彼女はおもしろいことを言った。

「日本では、引っ越しした時の食べ物って決まってるの。ソバといってね、ソイソース味のヌードルを食べるのよ」

「それを食べさせるレストランは、この近くにもあるのかい？」

「ええ、もちろん。それにレストランじゃなくて『ソバヤ』。よかったらマービン、これから行ってみない？」

ヨーコが私を呼ぶ時の言い方は、それまでの「バトラーさん」から、この一週間で、ファーストネームの「マービン」へと変わっていた。

ヨーコの提案にしたがい、私たち二人は『ソバヤ』とやらへ行くことにする。

とりあえず駅の方角へ歩くこと五分。ビル街の一角に、目指すソバヤはあった。

店へ入り私の目に留まったのは、カウンターの下に積まれていたビールケースだ。喉《のど》の渇いてた私は、さっそくそのビールと、ヨーコと同じ『テンプラソバ』を頼む。

まずは出てきたビールで喉をうるおしていると、向こうの席で一人、日本酒を飲んでいる初老の客に気づいた。

「ねえヨーコ、ここはサケも飲ませるところなのかい？」

「ええ、飲みたい人はね。でもあんまりそういう人って、最近はめずらしいけど」

「私も頼んでいいかな？」

「どうしたのマービン、そんな遠慮しちゃって。明日はどうせ日曜なんだから、じゃんじゃん飲んじゃえば？」

いたずらっぽく笑うヨーコは、やることなすこと、すべてがチャーミングに映る。近頃、怒ってばっかりのジョアンとは大違いだ。

しばらくして出てきた『テンプラソバ』は、どうしても私の口に合わなかった。

「どう、ダメ？」

心配そうな目で私の顔をのぞき込むヨーコに、

「うーん、ちょっとしょっぱすぎて……」

申し訳ないけど、正直に答える。するとヨーコは、私の器を指しながら、

「じゃあ、その上に載ってる『テンプラ』は？」

「あ、これだったら大丈夫。けっこういけるよ」

「よかったら、あたしのも食べて」

そう言うと、さっと自分の分を私の器の上に載っけてしまった。

「だってそれじゃあ……」

私が戸惑っても、ヨーコはうれしそうにほほ笑んでいるだけだ。天使のようにやさしい瞳《ひとみ》だった。

「日本へ来てよかった。君って最高だよ」

「なによマービン、もう酔っちゃったの？」

その夜、私たちは、シーツもないベッドの上で激しく燃えた。

ジョアンも含め、これまで私が経験した中で、いちばんの夜だった。

後は手当たり次第、タオルやＴシャツの類《たぐ》いをかき集めた。そしてそれらにくるまるように、二人抱き合いながら、新居での幸せな眠りについた。

八月二日（二人でルンルン、お買い物）

引っ越しの翌日。今日は日曜日。

私たちは、あまりにもまぶしい朝の日差しで目を覚ました。

なにしろ東側の窓には、カーテンも何もかかっていなかったからだ。

「さっぱりしていてけっこうだけど、住むにはちょっと問題があるな」

私がつぶやくと、ヨーコは別のことを考えていたらしい。

「あーん、やだあ。もしかしたら夕べのこと、全部見られちゃってたかもしれなーい……

…」

たしかに窓の外には、彼女の言うとおり中層マンションがそびえ立ち、しかも大半のべランダは、こちらの窓の方角を向いていた。

私は、わざとそのマンションからよく見える位置に体をずらすと、ヨーコの体を抱き寄せた。そしてこれまた、マンションの住民に見せつけてやるかのように、とびきり熱いキスをした。

ヨーコは初め嫌がっていたけど、それもほんの一瞬。すぐに素直な子猫ちゃんに戻ると、私の腕に身をあずけた。

もっとも、快適なのはそこまでだ。待っていたのは、昨日の延長のような、物のない不自由さでしかなかった。

なにしろコーヒーを飲みたくても、そのコーヒーがない。

顔を洗う時は、ヨーコが持参した「資生堂一泊スキンケアセット」の中の、洗顔フォームを借りる始末だ。

「ねえヨーコ、今日これから、買い物につき合ってくれないかい?」

「あたしも今、それを考えてたところ。だってこれじゃあ、なにもできないもん」

ドライヤー、洗剤、冷蔵庫、ブランケット……。

初めは手帳に、必要な物を一つ一つ書き出していたものの、あまりにたくさんあり過ぎて収まりきらない。とりあえずは行ってみることにした。

場所は、ダイエー碑文谷《ひもんや》店。中目黒に住んでいるヨーコによると、決して高級ではないが、あそこなら駐車場が広くて止めやすい、というので決めた。

その店は平屋が当たり前の、アメリカのスーパーと違い、六階建てのビルだった。だから勝手が少々違う。

二人でカートを押しながらする買い物は、私の心をたっぷり十歳は若くした。

日用雑貨のコーナーを、仲よく相談しながら進む私たちを、他の客がうらやましそうに振り返る。彼らの目には、さぞかしお似合いの国際カップルに映ったことだろう。

日用雑貨のフロアから、家電製品のフロアへ。

家電製品のフロアから、次は家具フロアへ……。

歩いて少し離れた駐車場まで四往復すると、メルセデスのトランクと後部座席は、買った荷物で満杯になった。

クルマで運びきれない、テレビや冷蔵庫などの大型商品は後日、家まで届けてもらうことにした。

私に代わり、お届け伝票に住所と名前を書き込むヨーコの姿を見ていると、まるで自分が夢の中にいるような錯覚にとらわれる。

頬《ほお》をつねってみれば、たしかに痛い。そう、夢ではなく、これはまさしく現実なんだ……。

私の心の片隅に、ジョアンや家族の姿があったことは否定できないが、正直言って、あまり考えたくなかった。

ここは日本なんだし、みんなが傷つかず、それぞれ幸せな今の状態を保っていく方法が、きっとあるはず……。

私は、小柄なヨーコに合わせ身をかがめた。そして彼女の耳元で、ようやく一つだけ覚えた日本語をささやいた。

「ヨーコ、アイシテルヨ」

chapter 8　粉飾発覚

八月四日（アメリカ流中途採用）

プライベートもそうだけど、このところビジネスの方も、急に忙しくなってきた。

今日も午前中から、専門職の中途採用面接に駆り出された。

なんでわざわざ、副社長である私がそんなものに立ち会うかというと、日本人の人事スタッフをどうしても信じられないからだ。

彼らは例外なく、自分たちよりも能力の低い者を採ろうとする。まったくなぜだろう？

ちなみにわが社の採用システムは、こうだ。

まず第一段階として、就職希望者には日本語と英語それぞれの履歴書、同じく二種類の職務経歴書、それともう一枚、カバーレターを提出してもらう。人事部はそれら希望者の中から、ある程度人数を絞り込む。

次に、採用の要望が出ている各セクションの責任者に面接してもらう。これが第二段階だ。

面接は部長クラスで、基本的には我々アメリカ本社から乗り込んだ人間が行うことになっている。もちろん英語で。

そこを通過すると、いよいよ最終面接だ。人事部門の責任者と、実際に細部の条件をつめる実務者等が立ち会って、採るかどうかの決定を下す。当然のことながら、通知は後日になる。

ポストや待遇が高い場合など、さらにもう一回面接ということもあるんだが、まあだいたいは以上の三段階と思っていい。

ところが、日本の人事スタッフは、おうおうにして第一段階の書類審査過程で、能力のある者を落としてしまう。反対に、少々劣る者を、平気な顔で第二段階へと回してくる。

次の第二段階の面接官はガイジンだから、さすがにそんなバカなことはしないものの、最終面接の段階でもう一度、日本人スタッフが有能な希望者を外しにかかる場合がある。

実際、面接に立ち会えば、それはすぐにわかることさ。過去のキャリアや即戦力が明らかに劣る者へ、日本の人事部スタッフはちゃっかりいい点数をつける。採点シートと顔を見比べれば、そこらへんは一目瞭然《りょうぜん》だ。

理由はたぶん、自分たちが首切りされることを恐れているからだろう。新たに採用した有能な者によって、無能な自分たちが駆逐されるんじゃないか、という強迫観念を持っている。

だけど、アホじゃないか？　そんなことを続けてたら、当然会社の競争力は失われ、早晩船ごと沈んでしまうに決まってるのに……。

秘書のタケウチ女史に言わせると、実はもう一つ理由があるらしい。

日本にはなにやら「メンタッ」という名の、面接時用虎の巻があるそうだ。それが徹底的に、能力のない者へ標準を合わせて書かれているとのこと。

さらに、面接担当者が同様に能力のない場合、受ける者、採る者、お互いの無能力的相乗効果によって、半自動的に能力のない応募者が採用され、逆に能力のある者は落ちるという、まことに巧妙な心理操作（かつ当事者にとっては実利的仕掛け）がなされているのだという。

まあ、そんなこともあって我が社では、最終面接には我々ガイジンの、それも統括役員クラス以上が、必ず加わるようにしているわけだ。

それにしても、いやあ、まいった。なにしろ今回の募集が、あまりにも大規模だったんで。

採用職種としては、それこそ多岐にわたっていた。

リスク・コントローラー、セトルメント、ミドルオフィス・アナリスト、アソシエイト・エコノミスト、インターナル・オーディット、コンプライアンス・オフィサー、デリバティヴス・マーケター、アドミニストレーター、レポ・トレーダー、レポ・アシスタント……。

それらを二週間かけて、順次面接してこうというんだ。

今日私が立ち会ったのは、ミドルオフィス・アナリスト要員とアドミニストレーター要員の計六人。うち一人ずつを採るのだが、まああの線だったと思っている。

つぶれかかった日本の「かみかぜ銀行」を、我がホライズン・ステート・グループが乗っ取ってから早八か月。

徐々にだが人材も集まり、未来図も描けてきた。

後はニノミヤをはじめとする、あのぶら下がり連中どもを、一日も早く駆逐することだ……。

八月五日（脱腸再発！）

引っ越しが済み、もう一つやらなければいけないのが、電話とパソコンの設置だった。

今日、ようやくそれが終わったところ。これでなんとか、文明人らしき生活を送れそうだ。

ヨーコはといえば、泊まることもあれば、泊まらないこともあったが、だいたい毎日顔だけは出した。そして買ってきた小間物をしまったり、家電類のセットなどをしてくれた。私も極力、早く帰ってくるよう努めていた。なにしろこんなにもフレッシュで、ウキウキする生活は初めてだもの。

さっき、そのヨーコが帰っていった。後に残された私は、ケーブルテレビでCNNニュースを見るぐらいしかない。とその時、設置したばかりの電話が鳴った。受話器を取ると、二か月間世話になっていた、ホテルのフロント係からだった。フロントには先日、家の新たな電話番号が決まった時点で、こう頼んであった。「もしもホテルへ、私宛《あて》にかかってきた電話があったら、こちらの電話番号を教えてやって欲しい」

しかしそれが、大きな失敗だった。というのは、先に妻ジョアンへ知らせておくべきところを、うっかり忘れてしまっていたからだ。

そこへジョアンから電話があったものだからたまらない。

彼女は、なぜ自分へ最初に知らせがなかったのか、とえらくおかんむり。かなりの剣幕で、フロントに食ってかかったらしい。

「そのようなわけでバトラー様、私どももいちおうご指示通り、奥様へは電話番号をお教えしておきましたのですが、なにぶんお怒りが、そうとう激しかったものですから……」

「ありがとう。わざわざ知らせてくれて感謝するよ」

フロントに礼を言った後、私は頭をかかえ込んでしまった。こりゃあ最悪のパターンだ。

実は以前にも一度あったんだ。その時も彼女は、頭から湯気を上げて怒り狂ったのだけれど、今回はどうしたもんか……。

考えた末、私はこちらからかけることにした。向こうの時刻はまだ早朝だったが、受身に立つよりはいいだろう。

意を決し、半分忘れかかった我が家の番号を押すと、七回目のコールでジョアンが出た。

「はい、もしもし」

「ああ、ジョアン？　元気」

一瞬の沈黙の後、ジョアンはまるで機関砲のようにまくしたててきた。

「マービン、あなた私のこと、いったいなんだと思ってるの？　ホテルにかけたら、なんと引き払った後だと言うじゃない。バカにしないでよ！　私はあなたの妻よ！」

「だ、だから、それにはわけがあって」

「言い訳なんか聞きたくないわ。私のプライドはどうなるのよ！」

「なあ、ちょっと聞いてくれないか……」

「そもそもマービン、どこへ引っ越したの？　今どこにいるのよ！」

「だからこの前、君に電話で話した……」

「この前って、いったいいつのことよ。もう二週間も前のことじゃない！　それにだいたい、その時はまだ考え中だったんじゃなかった⁉」

ジョアンをなだめるのに十五分。

ようやく冷静になったところを見計らい、おずおずと尋ねてみた。

「ところでジョアン、わざわざ電話をくれたそうなんだけど……」

その言葉に、彼女はさっきとは別の種類の、ヒステリックな声をあげた。

「まったくもう、デイビッドのことよ、デイビッド！」

「あの子がどうかしたのかい？」

驚いて聞き返すと、ジョアンは鼻をすすり上げながら、

「デイビッドったら可哀《かわい》そうに、サマースクール（林間学校）へ行けないんだから」

「どうして？」

「だから例の病気が再発したのよ。また具合が悪くなって」

「ガードルパンツをはいてもダメなのかい？」

「ダメよ。当分の間、動いちゃいけないって先生に言われて」

息子のデイビッドには、小さい頃から脱腸の持病があった。前回出た時は、なんとかすぐ収まってくれたんで安心したんだが、よりによってまたこんな時に再発するなんて……。

「あの子、あんなに楽しみにしてたのに」

妻の声は沈んでいた。

私も受話器を握ったまま、いたたまれない気持ちになった。

急に耳元で、ジョアンが訴えた。

「ねえ、帰ってきてよ。次の週末にでも」

「そんなこと言われたって」

「マービン、お願い。帰ってきて」

「………」

「ママも言ってたわ。そうしてもらうべきだって」

ママというのは、先日私に電話してきたジョアンの実母、クレア・ラッセルのことだ。

「うーん……」

私は考えていた。デイビッドのこともそうだが、夫が二か月も家を空けてるのは、決していい状態じゃない。

それにヨーコのこともある。彼女との関係を壊したくない私としては、一度向こうへ行ってジョアンを安心させておくのも、悪くない選択と言える。

「わかったよ、ジョアン。週末にはそっちへ行こう」

「ほんと?」

「ああ、約束する。だから気落ちしないで、デイビッドを慰めてやってくれ」

受話器を置いた後、私はデイビッドの悲しんでいる顔を思い浮かべた。持っていってやるお土産のことなんかも。

けれどその数分後には、思い浮かべる顔が、もうヨーコに切り替わっていたのだからどうしようもない。

そうだ、向こうへ行った帰り、彼女にも何か買ってきてあげよう。

どんな物がいいかなあ。明日会った時にでも、軽く探りを入れてみようか……。

八月六日（粉飾発覚）

思わぬところから、またもや問題が発生した。

銀行の関連会社が密《ひそ》かに保有していた、よその邦銀の株。その中のかなりの部分が、不良資産化していたのだ。

調べてみると、事の発端は三年近く前にさかのぼった。

当時、北拓、日債銀、長銀と、日本の銀行は破綻《はたん》のオンパレード。次はどこの銀行が危ないのではないかと、戦々恐々とした状況にあった。

週刊誌あたりも、そうとう書き立てたらしい。毎週「債務超過の銀行はここと ここ！」とか「全国銀行ワースト五十！」などという特集を組み、実際それがよく当たっていた。なにを隠そう旧かみかぜ銀行も、実はそのうちの一行だったわけだ。

危ない銀行の見分け方、というのは、大きく分けて二つある。一つが格付け機関の格付けで、もう一つが株価だ。

格付けの方は、スタンダード&プアーズ社のものとムーディーズ社のものが有名で、世間でもまずまず信頼がおける、と評価されている。

しかし完璧《かんぺき》じゃない。なぜなら、邦銀でも小さな銀行は格付け自体されていないことがあるし、仮に格付けされていても、それが「依頼格付け」の場合があるからだ。

ちなみに依頼格付けというのは、企業が格付け機関に一回あたり四〜五千万のカネを払い、自分のとこの格付けをして下さいと頼む方法。

これだと、実態はボロボロの企業でも、格付け結果が世間へ公表されずに済む。いわば口止め料を払って、粉飾の内容を黙っていてもらうようなものだ（また格付け機関はそれを、恫喝《どうかつ》的小遣い稼ぎの手段にしている、との指摘もある）。

これに対して通常行われているのが「勝手格付け」。

企業から依頼して格付けしてもらうのではなく、格付け機関が一方的に企業を格付けし、その結果もまた一方的に公表されてしまうスタイルだ。いわば問答無用のようなもので、邦銀でも大手は、たいていこちらでやられている。

つまり、悪化した経営内容をバラされたくなければ、依頼格付けという方法で隠蔽《いんぺい》することも可能なわけで、それが「格付けも危ない銀行を見分けるには完璧じゃない」という理由であり根拠だ。

もう一つの見分けるポイントである株価。これについてよく言われるのが、「二百円倒産危機ライン」説だろう。

額面五十円の株価が二百円を割ると黄色信号、百円を割ると赤信号、というものだ。

実際、北拓にしても長銀にしても、破綻の前は急速に株価が下落し、教科書どおりの末路をたどっていった。

まあそのあたりは、マネー雑誌等を通じ、日本でもそうとう周知されてきていて、だからこそ、ちょっとでも銀行の株価が下がると即、客の「預金流出」につながる、というわけだ。

一方それは、銀行経営者にとって死活問題でもある。なにしろ株価を一定以上に保たなければ、取り付け騒ぎが起こり、あえなく破綻の運命が待っているのだから。

そこで、日本の銀行経営者どもはどうしたか？

経営内容が悪く、株価の下落が忍び寄るクズ銀行同士、裏でお互いの株を買い支え合うことにした。それも関連会社を使って、世間から気づかれないように……。

関連会社といっても、持ち株比率五パーセントにも引っ掛からない、いわば曾孫《ひまご》会社みたいなところを使ってだから、有価証券報告書を見ても載っていない。おまけにクズ銀行同士買い支え合った、相手方の株の名義は、前所有者から変更しないという取り決めにしてあったため、第三者としては実態のつかみようもない。

そんな組織犯罪まがいのことを、クソッ、買収した旧かみかぜ銀行もやっていたのだという！

今、発覚したその実態を、詳しく調べさせているところだ。

相手銀行の数は、わかっているだけでも四行。南陸銀行、まほろば銀行、オットセイ銀行、梅干銀行……。どれもゴミみたいな邦銀だ。

そしてその持ち株の合計は、少なく見積もって五千六百万株。一株当たり平均、約二百円の評価損として、全体で百億円を超える含み損をかかえてしまった計算になる。

まったくもう、なんてこったい！

いったいどこまで腐ってれば、日本の銀行は気が済むんだ！

当時の経営者どもは、訴えてやるからな。業務上背任罪で、必ず監獄へほうり込んでやるっ！

2001.10
http://www.kadokawa.co.jp/
10月の新刊
角川文庫

角川ソフィア文庫

酒井美意子

加賀百万石物語

前田家末裔の筆者が描く、「利家・まつ」夫妻に始まる加賀百万石の歴史。
619円

森下賢一

銀座の酒場　銀座の飲《や》り方

バー初心者も常連も満足する、銀座のバーとお酒のおいしい話満載!
552円

大野　晋 編著

源氏物語のもののあはれ

源氏通を誇るあなたも知らなかった『源氏物語』の真の姿を発見する言葉の本。571円

吉本隆明

定本 言語にとって美とはなにかII

言語、芸術、そして文学とは――。吉本隆明の独創的言語論。 648円

海外作品

イアン・M・バンクス 浅倉久志=訳

ゲーム・プレイヤー

類まれなるストーリーテラーによる本格的SF大作、満を持して刊行! 895円

バーバラ・ヴァイン（ルース・レンデル）

ソロモン王の絨毯《じゅうたん》

羽田詩津子=訳

英ミステリ界の女王、レンデルが贈る、異色のミステリ。838円

ジョン・フスコ 奥野昌子=訳

パラダイス・サルヴェージ

1979年のボストン。12歳の少年のひと夏の成長を描く青春ミステリ。952円

ヒョン・チョンヨル & ヨ・ジナ

リベラ・メ

映画化作品

小林弘利=編訳

火が走り、呼吸し、這い回る。知能犯vs消防士、二人の男の行く末は――!? 514円

君しか、解けない。〈スニーカー・ミステリ倶楽部〉始動!

混沌の新世紀。新たな謎《ミステリ》の、創造の波を――。 綾辻行人

「ミステリ・アンソロジーI 名探偵は、ここにいる」太田忠司／鯨統一郎
西澤保彦／愛川晶

「Dear My Ghost 幽霊は行方不明」矢崎存美

ほか3点

chapter 9　お葬式リポート

八月九日（ヒーリングに夢中）

突然の脱腸再発で、楽しみにしていたサマースクールへ行けなくなってしまった息子のデイビッド。

「だからマービン、週末にはなんとか帰ってきて……」

妻からの、そんな泣き声混じりの国際電話をもらったのが、先週の水曜日だった。そして今日が、四日後の日曜日。

☆　☆　☆

たった今、私はユナイテッド航空401便で、成田へ着いたところだ。金曜日の夜に日本を発《た》って、日曜の夜には帰ってくるという強行軍だったから、ほとほと疲れてしまった。でも、それほどまでに疲れた主な原因は、なんと言っても妻のジョアンにあった。

彼女、精神的にそうとう不安定だったな。もともとその傾向はあったものの、なんだか一層強まったみたいだ。

ウェストチェスターの家を空けていた二か月の間に、中の様子もずいぶん変わっていたっけ。

まずは、ジョアンの趣味であるヒーリング関係の本が、やたらと増えていた。それに、ニューエイジの店で買ってきたらしい、インド柄の敷き物とか、バンダナ風の薄がけとかが、そこここに置いてあった。

シャワーの後、ジョアンが手足に何かを擦《す》り込み始めた時もそうだ。

「なんだいそれは？　ベビーオイルかい？」

口の周りが乾燥気味だったので、ちょっと借りようかと思った私が聞くと、彼女は平然と答えた。

「いいえ、エミューの油よ」

「エミューって、あのダチョウを小さくしたような鳥のこと？」

「ええ。アボリジニの人たちは昔から使ってててね、なんにでも効くの」

そう言うんで瓶を受け取り、試しに嗅《か》いでみた。すると獣臭い。大型犬を手入れした後の、ブラシのような臭いがする。

「ウヘッ、なんだこれ。こんなもん塗って大丈夫なのかい？」

私のたった一言で、妻が不機嫌になった。

「マービン、そんなこと言うんだったら返してよ！」

私の手から瓶をひったくると、

「だいたい先住民族の知恵をバカにするなんて、信じられないわ」

「でも、科学的に薬効が証明されてるわけじゃないんだろ？」

「まったくもう、あなたって何もわかってないのね。すべてが科学や数値で説明できるなんて思ったら大間違い。そんな人の方こそ、よっぽど野蛮人なのよ！」

私は妻が何を怒ってるのか、よくわからなかったけど、ヘタなことを言うと、逆に火に油を注ぎかねないので黙っていた。

家中にころがっていた意味不明な物体の数々……。

そういや、ヘンテコリンな石もあったぞ。

彼女に言わせると、ヒーリングすることによって、人間本来に備わっているはずのチャネリング能力が高まれば、鉱物とも交信できるようになるんだそうだ。そして、その鉱物が見てきた過去の歴史とか、時代の変遷みたいなことを、向こうから語りかけてくれるのだという。

「へーえ。じゃあ君は、石と意思の疎通が図れるわけ？」

恐る恐る尋ねた私に、少し落ち着きを取り戻したジョアンは、

「今その精神を、毎日浄化してるところよ。自分以外の物と周波数を合わせるには、まず心と体の状態を一定に保つことが必要なの」

彼女の言葉からすると、どうやらまだ交信できるところにまでは至ってないらしい。ひたすらヒーリング音楽をかけ、心穏やかに瞑想《めいそう》する程度のようだ。

ま、なんでもいいのさ。私としては、彼女がそのくらい趣味を持っていてくれた方が好都合。

何かに熱中していれば、いちいち細かいことを私に言ってくることもなくなるだろうし、早く日本へ来たい、なんてことも忘れるだろうから……。

そうそう、子供たちの方は、思っていたほど落ち込んでいなかったのでひと安心だ。

脱腸の再発で、サマースクールへ行けなかったデイビッドも、来週にはもう自由に運動できるようになるというし、歯列矯正してる娘のクリスも、このところテレビゲームに夢中らしい。

実際、子供なんてそんなものかも。親が思っているほど弱くもなければ、またその親を、それほど重要視していないのかもしれない。

どっちにしても、ああ疲れた。背中が板のようにガチガチだ。

それに成田は遠い。最初日本へ来た時は、中華航空機で羽田着だったからよかったものの、今回の遠さはいったいなんだ。

金曜の夜に日本を発つ時、その成田空港まで付き合い、見送ってくれたのはヨーコだった。

そして今日も、彼女が迎えに来てくれているはずだ。はるばる白金台から、私のメルセデスを運転して。

到着ロビーの向こうに目をやれば、あ、いたいた。ヨーコが心細そうな顔で立っている。脚をバレリーナのように交差させ、後ろに組んだ手には小さなポーチ。そのポーチを所在無さそうにブラブラさせながら、私の姿を探してるじゃないか。

まったくなんて可愛《かわい》い子なんだろう。それになんて優しいんだ。

ヨーコ、私は君を離さないぞ。どんなことがあっても絶対に、絶対に……。

八月十三日（お葬式）

私が来日する前に聞かされていたこと――日本人は全員ワーカホリック。「カローシ」といって、死ぬまで働き続けるサラリーマンがいる。しかも、会社のために死ぬことが「美しい」とたたえられてるらしい……。

ところが実際、日本へきてみると、うーん、どうなんだろう。

たしかに会社にいる時間はやたらと長い。特に男性社員の帰社時間は、おしなべて遅く、みんな当たり前のような顔で夜の十時、十一時まで残っている。

だけどその間、まじめに働いているかというと、これが大違い。やっていることといえば、意味のない人間関係の保持、意味のない根回し、意味のない書類作り、意味のない会議……。要するに、ただ長時間、みんなで仲よく会社にへばりついている、というだけの話だ。

そこには、創意工夫して仕事の効率を高めようとか、朝型に移行して早く帰ろう、といった発想はまったくない。たぶん単位時間あたりの労働生産性からしたら、我々アメリカ人従業員の三分の一以下だろう。

さらに残業代がつくんならまだしも、年俸制を導入してからはそれもなくなったのに、なかなか帰ろうとしない。

ほんと、日本のサラリーマンってわからないな。過労死やワーカホリックというのは、もともと実態がなく、幻影が一人歩きした言葉なのだろうか。

それとも少し前までは存在し、実際会社のために「討ち死」した社員もいたんだろうか……。

そういえば今日、ジャパニーズスタイルの葬式を体験した。

実は昨日の晩、コバヤシ氏のお父さんが亡くなられた。そのため今夜がオツヤ、明日がコクベツシキ。

場所は鎌倉のセレモニーホールだった。今朝、そのことをヨーコに言うと、

「だったら近くに有名な観光スポットがあるから、少し早めに行って見てきたら？」

なんてアドバイスしてくれたが、いくらなんでもそれでは不謹慎すぎる。そこで運転手付きの会社のクルマに、秘書のタケウチ女史を伴い、夕方から鎌倉まで行ってきた。

向こうへ着いて驚いたのが、みんなのカラスみたいな格好だった。

たしかに欧米人も、葬式の時は黒い格好をするけれど、髪の毛まで黒じゃないので、もうちょっとてんでんバラバラな、どことなくファッショナブルな感じがする。

ところが日本人の髪といったら、全員真っ黒けだし、おまけにあの独特の喪服用スーツにブラックタイ。

なんだい、ありゃあ!?　あんなおかしなスーツ、これまで見たためしがないぞ。

まったく、シシリア島のマフィアじゃないんだからさ。とても「カタギ」の人間の着るものとは思えない。

肝心の式の方はというと、仏教流だった。

コウデンやなにかは、すべてタケウチ女史が用意してくれたのでオーケー。

オショーコーも、見よう見まねでなんとかこなせた……、と言いたいところだが、いや

あ、緊張してしまった。

なにしろ私がガイジンだというんで、みんな興味津々《しんしん》らしい。親族や弔問客やらが、私の一挙手一投足を固唾《かたず》を飲んで見守ってるので、一時はどうなることかと思ったくらいだ。

その後、隣の立ち食い会場へ移動した時のこと。

ふと見ると、向こうの方でエディ・パウエルが、寿司をほおばっているじゃないか。

「やあエディ、こんなところでしばらくだな」

声をかけると、我が社でいちばんの太っちょも、すぐに気づいた。

「これはこれは副社長殿。どうだい、やってるかい?」

おどけた調子で言うエディの左手には、しっかり大盛りの紙皿が握られている。

「まったく相変わらずだなあ」

私があきれると、太っちょが真顔で反論した。

「いやいや、日本ではこうすることが礼儀なんだ。飲み食いすることによって、故人の霊が慰められる」

「なんだって?」

「つまり、死んだ人間に成り代わって、生きてる人間が飲み食いしてやる。すると、もう飲み食いできなくなっちまった故人は、天国からそれを見て喜ぶ、というわけさ」

　エディの論理は一見もっともらしいものの、いつだって自分に都合のいいことを並べているだけだ。

　そんなエディが、小声で私をさそってきた。

「なあマービン、これから時間あるかい？」

「特に予定はないけど」

「だったら一杯付き合わないか？　うちの近くに、いい店を見つけたんだ」

　気のおけない友人と飲むのも、たまにはいい。

　だいたい、こうして日本に住んでいると、同じ英語を話すにも、普段はどうしてもゆっくりにならざるを得ない。そのストレスから、時々無性にアメリカ人同士、早口で思う存分しゃべりたくなってしまうのだ。

「オーケー。行こうじゃないか」

　会場を抜け出そうと、さっき来た入り口にさしかかったところで、エディが私の肩を突っついた。

「なあ、あれ見ろよ」

「ん？」

　エディの指差す先には、紙製のシェードに覆われたランプ（チョーチンというものだと後で知った）と、下の方に小さな滝。さらにはその滝を取り囲むように、岩やグリーン、竹の衝立《ついたて》などが配置されていた。

さっき入って来た時も、それらは私の目に留まり、カッコいいなと思っていたものだ。

「なかなか風情があるけど、あれがどうかしたかい？」

尋ねると、エディはしたり顔で、

「岩みたいなやつがあるだろ。あれ、イミテーションなんだ」

「ウソ？」

「いやほんとうさ」

エディは言うが早いか、スタスタと近くまで歩いていった。そして、いたずらっぽい目でこっちを見ながら、

「ほうらな」

なんと置いてある岩を、軽々と持ち上げてしまったではないか。

「ほうら。ユニバーサルスタジオのセットみたいだろう」

自慢げに何度も持ち上げて見せるエディ。

場所が場所だけに、それはマズいんじゃないかと思っていると、案の定だ。向こうから、腕章をしたホールの係員が駆け寄ってきた。

「ちょっ、ちょっと、なにされるんですか！」

思わず顔を見合わしたエディと私は、

「わわ、ヤバい！」

「逃げろ逃げろ！」

社長の父親の葬式に来て、副社長とマーケット統括役員の二人がこんなことをやってるのだから、どうしようもない。

その後はもう大笑いだ。駐車場のところまで走り逃げてきた私たちは、腹を抱えて転げ回った。


エディの案内する店は、広尾の裏手にあった。こぢんまりとした、純和風の小料理屋だ。カウンター席に座るなり、迷わずエディは日本酒を注文した。それも難しい銘柄指定で。

私が感心していると、エディが聞く。

「マービンもやってみるかい？」

「じゃあ挑戦してみようか」

出てきた日本酒は、今まで飲んだこともない、豊潤でふくよかな味だった。

私の顔を満足そうにながめながら、エディが解説を始めた。

「これは天狗舞《てんぐまい》といってね、石川の酒なんだ。山廃吟醸だから、けっこういけるだろ」

「うん、この前居酒屋で飲んだ、安物の日本酒とは大違いだな」

「だったらいくつか飲み比べをやってみよう」

次に出されてきたのが、酔鯨という、これまた深い香りのする酒だった。そこへすかさず、エディの解説が加わる。

「こんだのは高知のやつ。純米大吟醸山田錦っていって、いい米を使った、とても贅沢《ぜいたく》な作り方をしてるんだ」

「へーえ、言われてみれば、そんな気がする」

飲みはじめてから小一時間も経《た》つ頃には、二人ともそうとういい心持ちになっていた。話す内容も、だんだんぶっちゃけてくる。

そんな中、ふいにエディが尋ねた。

「なあマービン、日本人の女と付き合ったことあるかい？」

私は一瞬、凍りついた。もしかしてエディが、私とヨーコとの関係を知ってるんじゃないか、と思ったからだ。

「い、いや……」

あわてて否定すると、エディがうまそうに杯を空けながらつぶやいた。

「最高だよ、日本の女性って」

「いったいどうしたんだ？」

エディは少し間を置いてから、照れくさそうに打ち明けた。

「実は今、付き合ってるんだよ」

「日本人の女とかい？」

「ああ、カズエっていうんだ。年は三つ上なんだけど、やさしくて、それに料理もうまくて」

正直言って、私は驚いた。こんな太っちょの、お世辞にもハンサムとは言い難いエディが、早くも日本でガールフレンドを見つけたなんて。

もっとも離婚して独り身のエディのことだ。考えてみればそれくらい、当然かもしれない。

「へーえ、よかったじゃないか」

「ありがとう」

「でいったい、どこでハントしたんだい？　その魅力的な日本女性を」

「スポーツジムさ」

「ん、なんだって⁉」

私には、エディの言葉がもっと信じられなかった。あの大の運動嫌いが、いったいどうした風の吹き回しだろう。

「ほんとに始めたのかい？」

「いや、正確に言うと、スポーツジムの中にあるレストランなんだ。ほら、会社で入ってるクラブがあるだろ。恵比寿のでっかいビルの中に」

「役員専用のあれか。私も一度行ってみたことがある」

「最近、あそこのサウナに通ってるんだ。で、ひと汗かいた後、決まって隣のレストランでビールを飲む」

「運動は？」

「そんなものするわけがないじゃないか。いきなりサウナに入って、後はレストランへ直行さ」

私はそれを聞いて安心した。

「じゃあ、そこに彼女がいたわけだな」

「うん。こっちがビールを飲んでると、隣のテーブルに彼女がいてね。スパゲッティを二皿食べてた」

「なに、二皿も!?」

「ああ、しっかり二皿。それで見てると、これがまたなんともうまそうに食べてるんだ。幸せそうな顔をして」

「へーえ、女が二人前のスパゲッティをねえ……」

私はどう想像していいかわからなかった。エディの話では、そのカズエという女性、なかなか魅力的らしい。そのいい女が、なぜ二人前も……。

「で、どうしたんだよ。声でもかけたのかい？」

「いいや、目が合ったんだ。そしたら彼女、気恥ずかしそうにニコッと笑ってさ。思わずこっちもほほ笑み返した」

「ふーん。変わった出会いだな」

「それから、彼女の席へ移ってもいいかって聞くと、いいって言うだろ。だから……」

エディはそこまで言うと、急に自分のウォッチへ目を落とした。プンプクリンに太った腕に巻かれたロレックスが、まるで子供用の時計のように小さく見える。

「なあマービン、紹介しときたいんだけど」

「彼女をかい？」

「ああ。電話すれば、すぐここへ来られると思う」

「突然で悪くないか？」

「いや、いいんだ。どうせ今夜も会うことになっていたから。ついでだし、な、いいだろ？」

言うが早いか、エディはポケットから携帯を取り出した。そして店の入り口付近へ移動すると、彼女に連絡をつけ始めた。

電話はすぐつながったようで、目尻《めじり》を下げたその顔から察するに、二人はそうとうラブラブの状態にあるらしい。

酒を飲みながら、待つこと三十分。

その間何回も、入り口の引き戸が開く度に振り向いていたものだから、私たちの首は、半分バカになっていた。

そこへまたもやガラッと開く音。今度もたぶん違う客だろう、と思っていると、エディが、急にすっとんきょうな声をあげた。

「ハーイ、カズエ！　こっちだよ、こっち！」

声をかけた先へ目をやった私は、思わず吹き出しそうになってしまった。

だってその姿といったら、背は五フィート一インチ（約百五十四センチ）くらいしかないのに、体重は二百ポンド（約九十一キロ）はありそうな超おデブちゃん。おまけに髪形はクリクリの、典型的な「おばさんパーマ」なんだもの。

エディはその新しい彼女を、いたわるように自分のかたわらへ導くと、自慢げに紹介した。

「どうだいマービン、チャーミングな女性だろう？」

私は必死で笑いをこらえながら、

「はじめまして、マービン・バトラーです。お会いできて光栄です」

それからは、三人でけっこう盛り上がった。

カズエの英語は、ほとんどカタコト程度だったけど、隣のエディがやさしく、かつ完璧《かんぺき》にフォローしてあげていた。

それにエディの奴《やつ》、ずいぶん日本語も覚えていたのにはびっくりだ。ちょっとしたジョークまで言えるようになっていた。

その度に、コロコロと笑い転げるカズエ。いやあ、天真爛漫《らんまん》といえば、あれほど天真爛漫な女性はいないかもしれない。

いずれにしても、お似合いのカップルだった。あまりの熱々ぶりに、ちょっとばかしうらやましいとさえ思ったくらいだ。

でも一方で、私はこうも思っていた。

（フフッ、実はこっちだって、素敵な日本の彼女がいるんだものね。それももっとずっと若く、ずっと可愛《かわい》いヨーコという女性が……）

八月十七日（ユー・ガット・メール？）

このところヨーコとの連絡には、もっぱらEメールを使っている。

クライアントへの訪問で留守がちなヨーコだけど、これならいつだってバッチリだ。

なにしろ私は、あいかわらず日本語がほとんどダメときている。だもので、よその会社へ電話をかけ、取り次いでもらうわけにいかないし、ヨーコの持ってる携帯へも、先日かけているところを、うっかり秘書のタケウチ女史に聞かれてしまった。タケウチ女史は、なかなか勘が鋭いのであなどれない。

そんなEメールだけど、アホのニノミヤめ、さっきこんな企画書を回してきた。

経費節減のため、Eメールにチェック機能を付けるというんだ。

企画書によると、最近社外への私用メールが多いらしい。よってそれを防止できれば、通信費はじめ大幅な経費削減が可能、とある。

しかし、笑ってしまうのがその後で、チェック機能システムを構築するため、なんと二十人からなる専門プロジェクトチームを発足させるべきだ、なんて書いてある。

ほんとあいつ、バッカじゃないのか？　通信費なんか、たかが知れている。二十人の人件費と比べて、いったいどっちが大きいと思っているんだ。

ニノミヤめ、もっともらしいことを言っては、リストラ要員を減らそうと思ってるに違いない。自分の身の回りにも、そろそろクビ切りの気配が忍び寄ってきたものだから。

フンッ、そんな姑息《こそく》なテに引っかかってたまるか。

とくと覚悟しておくがいい。リストラ第一号は、ニノミヤと、その取り巻きの部下どもだからな！

chapter 10　退職金を返せ！

八月二十日（今日までの自己採点）

日本へ来てから心に決めた、いくつかの目標……。

結果は、今さら自己採点するまでもなかった。


早寝早起型の、ニューヨーク・エグゼクティヴ的生活について。

何度か四、五日間続くことはあったものの、偶発的かつ不可抗力的な飲酒機会と翌朝のつらさにより、その都度断念。ヨーコと付き合いだしてからは、夜九時半就寝など、ほとんど不可能になりつつある。

偶発的かつ不可抗力的な飲酒機会の要因としては、以下のとおり――妻の母クレア・ラッセルからの、時差を考えない深夜の電話。同じく妻ジョアンからの度かさなる電話。食いしん坊エディからの夕方五時以降の誘い。ヨーコとのディナーと、それに続く盛り上がり。予定外の週末帰国など。

改善策――妻との離婚（無理に決まってる）。エディからの誘いを断ること（友人として許されない行為だ）。ヨーコと別れること（できっこない！）。

結論――まだ早寝早起型のニューヨーク・エグゼクティヴ的生活を、完全にあきらめたわけではないが、ここが日本であるという特殊事情を勘案すれば、若干の譲歩はやむを得ない、との判断に傾きつつある。

日本語の習得（とくに日常会話）について。

エディの持っているハンディ型対訳ブックを購入したものの、進捗率《しんちよく》は亀のごとし。これまで覚えた単語および会話としては、以下の十八個。

「ハイ」「イイエ」「アリガトウ」「オハヨウ」「コンニチハ」「オヤスミナサイ」「マンタン（満タン）」「サヨナラ」「イクラデスカ？」「オイシイ」「ゲンキ？」「チョットマッテ」「イタダキマス」「ゴチソウサマ」「ツカレタ」「キレイ」「アイシテル」「ヨカッタ」。

現在学習中、もしくは今後学習予定の単語および会話は、次のとおり。

「ロウドウケイヤク」「アツイ」「サムイ」「セキニンノショザイ」「ナゼデスカ？」「エイゴハナセル？」「タカイ」「ヤスイ」「コレクダサイ」「イイワケスルナ」「ジカンガイ」「ケイエイシャ」「ハヤク」「イソゲ」「モットハタラケ」「オマエハクビダ」……。

習得進捗率が予定より遅れている要因――ヨーコの英語がうまいこと。同様に、秘書のタケウチ女史の英語がうまいこと。社内での私の地位が、副社長と高いこと。総じて日本人が英語で話しかけてきたがること。私の口の筋肉および形状が、日本語会話に向かないこと。

学習改善案——ヨーコとの会話はなるべく日本語で行うこと。エディから借りた日本語会話テープを、毎日行き帰りのクルマの中で聞くこと。日本の歌を一曲覚えること。ケーブルテレビの英語版ではなく、通常の日本のテレビを見ること、など。

参考とすべき名言——ローマは一日にしてならず。

八月二十五日（退職金）

先日発覚した、クズ銀行同士の株式買い支えによる含み損は、最終的に百七十六億にも達していた。

しかもその額は、相手銀行がなんとかつぶれないでもってくれる、という前提で弾き出した数字。もしこれが経営破綻《はたん》でもされた日には、二百億、いや三百億に膨らむ可能性さえあった。

社内弁護士を中心として、さっそく対応策が検討された。

調べてみると、旧かみかぜ銀行の経営陣が、この五年間で手にした退職慰労金の合計額は百三十七億円、その中には会長、頭取からヒラ取まで含まれるが、単純に一人頭の平均額でいくと、約四億円だった。

だがそれは、あくまで表面的な数字でしかない。なぜなら彼らは、退職した後も形の上だけ関連会社の顧問に収まったり、役員に名を連ねることで、一人年間三千万〜六千万の収入を得続けていたからだ。仕事なんかいっさいなく、そもそも出勤すらしないくせに。

もちろんそれらのカネの出所はというと、旧かみかぜ銀行本体に他ならない。

バブルの時期、銀行はノンバンクを経由し、いわば「迂回《うかい》融資」という形で不動産業者にカネを貸し込んだ。それと同様の方法で、銀行は退職したOB経営者たちに、自らの関連会社を使って「隠れ退職金」を払い続けていたわけだ。

その隠れ分が、五年間に延べ七十九億円。つまり表で支払われた退職慰労金と、裏で支払われた隠れ退職金の合計が、なんと二百十六億円にも達していたことになる。

これはなにも、旧かみかぜ銀行だけがやってたわけではなく、過去、日本の銀行すべてがやってきたことだ。

数年前、日本の銀行や証券会社は「過去の呪縛《じゅばく》」とやらから、長年総会屋へ利益供与してきた事実が明らかになった。その際、経営責任をとって当時の会長や頭取らが多数辞任した。

ところが裏じゃなんてことはない。どいつもこいつも関連会社の役員に横滑り。それも一社だけではなく、同時に数社への就任だから、受け取る給料の額も、前に比べてちっとも減りはしない。

ということは、責任をとって辞めたんではなく、たんなる世間向けのポーズでしかなかった、というわけだ。

長銀破綻の際には、さすがに世間から、

「つぶしておきながら巨額の退職慰労金をもらい逃げとは、いくらなんでもとんでもない！」

「銀行の元経営者たちは、既にもらった退職金を返還しろ！」

との声が沸き起こった。しかしこれも、話題になったのは一時だけと聞く。

その後、銀行界に何十兆という公的資金導入が決まったり、貸し渋りの問題に目を奪われているうちに、いつしか批判の熱も冷めてしまった。

代わりに金融監督庁が言い出したのは、店舗削減やら人員削減やら、なんとも甘い「今後のリストラ努力目標」みたいなもの。これまで犯してきた銀行の経営者責任は、結局ウヤムヤになってしまったわけだ。

法務担当役員や私を交えた対策会議の席で、珍らしくライトグレーのスーツを着たコバヤシ氏は、こう社内弁護士に尋ねた。

「旧かみかぜ銀行の経営者に損害賠償を請求することは、可能だと思うかね？」

「そうそう簡単にはいかないでしょう。既に辞めてから時間が経《た》ってますし、また当時、彼らがどれだけ事実を知り、銀行へ損害を与えることがわかった上で指示を出していたのか。そこらへんを立証できる証拠がないと……」

「しかし、当時の経営陣がやったことは明らかな事実だ」

コバヤシ氏の毅然《きぜん》とした言い方に、思わず社内弁護士も姿勢を正す。

「はい、そのとおりです」

「そして株主同様、明らかに我々も被害者なのだ。テルメグループへの不正融資で、北海道拓殖銀行の旧経営陣が逮捕されたという先例もある。ほんとうに訴えられないのか？」

「うーん……」

いったん腕を組んでから、社内弁護士が顔を上げた。

「やってみる価値はあるかもしれません。しかしそれにはまず、当局をその気にさせる動機というか、名目を与えてやらないと」

「彼らの協力を得なければ難しいということか？」

「ええたぶん。もっていきやすいのは、公的資金問題にからめることでしょう。公的資金を注入しながら、実はそのカネが不良債権の償却や貸し渋りの解消ではなく、退職慰労金の支払いに当てられてしまった。金融当局にしてみれば、そこがいちばんの屈辱であり、世間から批判を浴びやすい弱点なのですから」

それを聞いた社長のコバヤシは、すかさず法務担当役員に指示を出した。

「至急、ニューヨークの本部と連絡をとるように。これは株主利益を守ると同時に、我々自身を守るという意味でもある。向こうのゴーサインが出たら、即訴える方向でいこう」

八月二十八日（恐怖のニアミス）

いやあ、さっきは危なかった。アホのニノミヤどもと、プライベートでニアミスしてしまったからだ。

場所は、ヨーコのマンションがある、中目黒駅近くのお寿司《すし》屋。そのカウンターで、私たちは寿司をつまんでいた。

夜だったので、しっかり日本酒も飲んでいた。

店の造りは、一階がカウンターと、四人がけのテーブル席が三つ。その奥に、六畳ほどの座敷があった。

私たちが店へ入った時、既に奥の座敷には客がいて、時々大きな笑い声があがっていた。酒が入り、ボリューム調整の利かなくなった日本人の奇声というやつには閉口する。私とヨーコは、そんな奇声があがる度、顔を見合わせては「ああいうオヤジってやーね」と、目配せしていた。

もっとも、それも最初のうちだけだ。肩を寄せ合い、仲よく寿司をつまみだしてからは、あまり気にもかけないでいたのだが……。

店へ入ってから、小一時間も経った頃のこと。

私はトイレに行こうと立ち上った。そして奥の座敷をふと見ると、なんとその中に、ニノミヤの顔があるではないか。

そう言えばさっきから、なんだか似たような声だとは思っていたんだが、まさかそれが本人だったとは！

幸い、私がのぞいた時、向こうは気づいていない様子だった。みんな赤ら顔をほころばせ、カンカンガクガク、社外会議の真っ最中。

とはいえ、実際どうなんだろう。座敷の襖《ふすま》は、最初から半分開いた状態だったし、途中何回も、店の人が酒や料理を運び込んでいた。向こうの誰かが、トイレに立った可能性もある。

ということは、もしかして見られていたかも……。

なにぶん相手が、あのニノミヤというところが気にかかった。

なんたって仕事以外の、派閥や謀略だけで社内を渡り歩いてきた人間だ。何をどう言いふらされるかわからない。

当然のことながら、私たちは急いでその場を後にした。向かった先は、ヨーコの住んでるマンションだ。


ところが、運の悪い時というのは重なるものだ。

腕を組みながら歩いていくと、マンションの脇《わき》に止めておいた私のクルマが、跡形もなく消えている。

代わりに残されていたのは、レッカー移動を知らせる紙っぺら。まったく踏んだり蹴《け》ったりとはこのことだ。

後はクルマを引き取りに行ったり、警察で過失を認めるサインをさせられたりと、お決まりのパターンが待っていた。もう気分が悪いといったらありゃしない。

おかげでヨーコとの夜は台無しだった。あーあ、ついてないや……。

九月一日（やったぜ、テレビ初出演）

今日、私のオフィスにテレビクルーがきた。

総勢六人。ある民放の特集番組で、日本に進出している外資系金融機関としてのコメントを取りにきたんだ。

本当は、日本現法の代表者であるコバヤシ氏にインタビューしたかったらしいのだが、あいにく彼は、ニューヨークの本社へ出張の予定が入っていた。そこで私にお鉢が回ってきた、というわけだ。

もっとも、しゃべる内容は通り一遍のことだから、誰が受けたってそう変わらない。そもそも、私のところの銀行では、対外的なコメントのひな型が定期的に作られている。現法の社長だろうが誰だろうが、それに従い話すことになっていて、裏を返せば、誰がしゃべったって一緒ということだ。

そりゃそうだろう、フツーに考えたって、経営戦略上の重要事項を、マスコミなんかにペラペラしゃべれるわけがない。当たり障りのないことを、もっともらしい顔で話すだけだ。

とはいえ、私はこれまで一度も、テレビに出たことはなかった。雑誌の取材は何度か受けたことがあったものの、テレビに関してはまったくの初体験。アメリカにいた時も、日本へ来てからもだ。

まあ、アメリカにいた時になかった、というのは当然だろう。なにしろこっちでは副社長でも、向こうの本社では、役員の肩書きすら付かなかったのだから。

そんなわけで、私は密《ひそ》かに今回の取材を喜んでいた。話が決まってからも、ずっと心待ちにしていた。

なんたってテレビに出られるんだ。それも副社長として！

もしこれがきっかけで、俳優への転向を持ち掛けられでもしたらどうしよう。

あのシュワルツェネッガーだって、元々は会計士だったというものな。銀行出身の俳優がいたって、別段不思議じゃない。

そうだ、後日放送された番組をビデオに録画して、ウェストチェスターの家族に送ってやろう。

そしたらきっと、みんな驚くぞー。クリスもデイビッドも、パパの雄姿を見て尊敬するに決まってる。

妻のジョアンだって、少しは私を見直して、今みたいに早く日本へ行きたいだとか、ギャーギャー言わなくなるかもしれない。

というわけでとり行われたインタビューは、なんだかんだで一時間以上かかった。

もちろんセッティングやらなにやらで、ずっと撮りっ放しというわけではなかったが、ゆうに三十分はカメラを回していた。

しゃべった内容といえば、個人マーケットの差別化、富裕層への特化戦略、投資銀行業務の展開、今後の消費者金融や保険業務への進出予定など……。

できの方も、まあまあだったと思う。脚など組んで、余裕なところをさりげなく強調できたし、ディレクターも満足そうだった。

後は、妙な声の吹き替えがつかなければいいんだけど、それは五日後に放送されてみてのお楽しみだ。

既に秘書のタケウチ女史には、ビデオの録画を頼んでおいた。

なんとも待ち遠しい。早く五日後にならないかなあ……。

九月三日（猫が苦手）

ホテルから白金台の一戸建てへ越してきて一か月。

ヨーコは毎日のように来てくれるし、家での生活にも慣れてきた。

正直言ってなかなか快適。ただ一つの問題を除いては……。

その問題とは他でもない、猫だ。何を隠そう、私は強度の猫アレルギーなんだ。

なにしろ四十フィート（約十二メートル）以内に猫が近づいただけで、全身にじんま疹《しん》が広がり、三日間はその跡が消えない。鼻から猫の毛を吸い込みでもしたら、とたんに喘《ぜん》息《そく》発作を起こし、ステロイドの吸入が必要になる。

それどころか、鳴き声を聞いただけでも偏頭痛が始まって、一晩中眠れない夜を過ごすこともしばしばだ。

なぜそんなに、私が猫アレルギーになってしまったのか？

それはたぶん、持って生まれた体質以外に、精神的な要因が大きい気がする。例えば小さな頃に受けた、トラウマのような……。


当時、私は七歳か八歳だったと思う。

庭続きだった隣のジョセフ・カークランドさんのうちでは、猫を一ダースも飼っていた。

その頃私は、つがいのハムスターを飼ってたんだ。

ある日、私が学校から帰ってくると、バックヤードのザクロの木の枝につるしてあったハムスターの籠《かご》が下へ落ち、蓋《ふた》が開いている。

籠の中にしいてあった藁《わら》も、そこらじゅうに散らばっていて、さらによく見ると、藁のところどころが血で赤く染まっている。

「たいへんだ！　ねえママ、ママ！」

私はもうびっくりして、家中母親を捜したんだけど、あいにく留守らしく、どこにも見あたらない。

そこでもしかしたら、お隣のカークランドさんのとこに、焼きたてのチョコレートチップクッキーでも届けに行ったんじゃないかと思って、泣きながら駆け込んだんだ。

すると、ああ、なんてこったい。玄関ポーチのレンガの上で、カークランドさんちの灰色のボス猫が、私の大事にしていたハムスターをくわえ、ふてぶてしい顔で寝そべっているじゃないか！

飼っていたハムスターは「ジジ」という名前だったんだけど、既にピクリとも動いていなかった。

ボス猫はそんなジジを、さらに前足で突っついたりしながら遊んでいる。そして時々ゴロゴロ喉《のど》を鳴らし、目を細めてるんだ。

私はもう悲しくて悲しくて、頭の中が真っ白になってしまった。その後五時間ぐらい、ベッドの中で泣き通しだった……。

しばらくしてから、今度はグッピーを飼い始めた。

グッピーというのは、あのメダカみたいな小さな魚さ。青くキラキラ光って、とってもきれい。

ところが、最初は十四ぐらいだったのが、だんだん増えてきて、一夏を越したら、なんと二百匹くらいになってしまった。

もちろん、とても一つの水槽じゃ飼えないからというんで、バケツやタライなど、家の中にある入れ物を総動員して飼っていた。

でもこれが、またもや猫に……。

ある日、ちょっと窓を開けていたすきに、隣の猫が入り込んだ。そして、プレイルームの窓の下のところに並べてあったグッピーの容器が、全部ひっくりかえされていたんだ。ちょうどその時、私は妹のエイミーと外で遊んでいたんだけど、物音が聞こえたんで驚いて駆け付けてみた。するともう、後の祭りさ。

私たちが駆け付けると、猫はまだ部屋の中にいて、こっちが追い出そうとしたら、逆に爪を剝《む》き飛びかかってきた。

おかげでエイミーの左腕には、まだその時の傷跡が残ってるんだ。ほんと彼女には、可《か》哀《わい》そうなことをしてしまったよ……。


ああ、そんな昔のことを思い出しているうちに、またうっすらとじんま疹が出てきてしまった。いけない、いけない。

いずれにしても、ここ白金台の敷地周辺には、なぜか猫が多い。入れ替わり立ち替わり、一日中ウロウロしている。

数だって、少なくとも六匹はいるんじゃないか？　白いのやら黒いのやらといろいろで、中でも黄色の縦縞《たてじま》のやつは、私のメルセデスのルーフの上がえらく気に入ってしまっている。

そのため私は、ここに引っ越してきてから、もう三回も猫の毛を吸い込み、ステロイドの世話になっているくらいだ。

本部のお偉方が来日する重要な会議の席に遅れ、顰蹙《ひんしゅく》を買ってしまったこともある。

おお猫どもよ、頼むからこの家に近づかないでくれ。遠くで鳴くぐらいならともかく、せめて敷地内に侵入することだけは……。

九月八日（失望）

この前受けたテレビのインタビューが、たった今放映されたところ。夜十一時からの番組だった。

だけどなんだい、もうがっかりだ。

十一時きっかりに家のテレビの前に陣取り、今か今かと待っていても、なかなか自分の姿が映らない。

それで十二時近くになって、ようやく出てきたと思ったら、なんと十秒も映ってないじゃないか。

あれだけたくさん撮っておきながら、たったの十秒だよ、十秒。そりゃないだろう!?

これでは出演したうちに入らないものなあ。家族にビデオを送ったって、「なーんだ」

って笑われるのがオチだ。

それに録画を頼んどいたタケウチ女史だって、今頃きっと笑っているに違いない。カッコ悪くて、明日の朝どんな顔で出社すりゃいいんだい。

そういえば、ヨーコにも事前に言ってあったっけ。それもけっこう自慢げに。たまたま今日は、ここへは来なかったけれど、絶対自分ちのマンションで見たに決まってる。

そうだ、ヘタに彼女から電話がかかってくる前に、留守電にして寝てしまおう。

あーあ、恥ずかしい。もうテレビなんか、二度と出てやるもんか！

chapter 11 ピンチ到来

九月十日（チェリー・ピッキング）

昨日、ニューヨーク本社への出張から帰ってきた社長のコバヤシ氏が、日本現法の上級スタッフに招集をかけた。

上級スタッフというのは、統括役員以上の執行メンバーだ。

これまで外銀を渡り歩いてきたコバヤシ氏は、さすがにデキる男だった。なんと本社の幹部たちを前に、目標数字の大幅下方修正を飲ませてきた。

具体的には、買収後一年目の目標数字である「一年統合計画」の各項目。ROE（株主資本利益率）については、当初計画の十九パーセントから十四パーセントに引き下がったし、赤字の単独年解消目標時期も、当初より半年間延期となった。

事務経費率や人件費率などの諸目標数字も、最初の計画から小幅ながら引き下げられた。

会議の後、どのような論法で本社の幹部たちを説き伏せてきたのか、と私が尋ねると、コバヤシ氏はニヤリと笑ってみせた。

「当初の日本進出計画の甘さを突いたまでさ。要するに従業員についても、初めからチェリー・ピッキングでいくべきだったたとね」

チェリー・ピッキングとは、いいサクランボのみを選《え》りすぐること。つまり「いいとこ取り」の意味だ。

例えば買収に当たって、相手企業を丸ごとではなく、部門とか資産とか、即使えそうなところだけを選んで買い取り交渉する。相対的に、競争力や将来性のあるところだけを。そして買い叩けるだけ買い叩き、二束三文で優良な部門や資産だけを手に入れてしまう。

この手法は、世間から「アコギだ」と非難されることも多いけど、考えてみれば、どうせ相手はつぶれかかった企業なわけだ。その弱みに付け込むというやり方も、弱肉強食の資本主義の下では、当然といえば当然だろう。

今回の「かみかぜ銀行」買収に当たっても、基本的にはそれにのっとってやった。なにせ海千山千、タフ・ネゴシエイターと言われる我々外銀のことだから、全体的にみれば相当安く買い叩いたし、部門や資産ごとの選り分けも行った。

特に不良債権については、甘ちゃんの金融当局をも抱き込み、ほぼ完璧《かんぺき》な切り離しに成功した。

ところが、唯一チェリー・ピッキングを行わなかったのが、そこに勤める従業員だ。つまり業績の悪化した邦銀の行員たちを、ほとんど丸抱えの形で引き受けてしまった。

もちろん、雇用の保証は最初の二年間だけ、という条件は付けてあり、その時限が来たら、できない奴はみんなばっさりクビにしてやる計画ではあった。

でも実際、蓋《ふた》を開けてみたら、ミドルオフィス、バックオフィスともに、ダメ行員のオンパレード。頭数は余り、質は低く、そのくせ給料だけはやたら高いという、予想を上回る最悪の状態だったわけだ。

「要するに、使えない社員があまりにも多すぎて、各収益目標すべての足を引っ張っているということですね。人件費比率のみならず、事務経費率にしても、EVA（経済付加価値率）にしても、MD&A（経営観測分析――経営リスクの定性的な情報の一種）にしても……」

私が言い及ぶと、コバヤシ氏はうなずいた。

「目標数字積算の根底が、そもそも間違っていた、と言ったらいいかな。できあがった計画は立派でも、その前提数字が正しくなかったのではどうしようもないだろう」

「しかし、ニューヨークの幹部連中もよくわかってくれましたね。そんな買収の事前調査結果を否定するような見解を認めるなんて」

「そりゃまあ、かなりの抵抗はあったさ。むろん本社の買収精査部門の何人かも、これでクビが飛ぶだろう」

コバヤシ氏の頭のいいところは、まさにそこだった。

彼が他の外銀からスカウトされたのは、かみかぜ銀行の買収方針が決定された後のこと。本社の事前調査の数字を基に、それを前提条件として「新銀行のCEOに就任してくれないか」と持ちかけられ、雇われてきた。

となると、当のコバヤシ氏にとって、就任の前提条件となる数字の信憑《しんぴょう》性は大きな意味を持つ。もし仮に、数字自体が事実に反していたとなれば、契約条件違反ということで、自らの業績不振も不問になる……。

頭のキレるプレジデント・コバヤシが、穏やかな口調とは裏腹な、冷たい目で私を見やった。

「ミスター・バトラー。たった今、君は『使えない社員があまりに多すぎて……』と言ったな」

「ええ、言いましたけど」

「君の意見には、私もまったく同感だ。実に現状を的確に分析していると思う」

コバヤシ氏の言葉に、私は思わず身構えた。なぜなら人を責める時、いったん持ち上げといてからガクンと落とす、というのがアメリカ流だからだ。

案の定、次にコバヤシ氏の口から出てきたのは、なんとも耳の痛い一言だった。

「ところで、その社員削減の統括責任者は誰だったかね？」

「は、はい、私です」

「だったらもう、私がなにを言いたいかはわかっているな」

「もちろんです。誠心誠意、全力で努力いたします」

キレ者のボスは、そんな私の答えを聞いて、口元に皮肉っぽい笑みを浮かべた。それもそのはず。「誠心誠意、全力で努力」なんて言葉自体、まさに典型的な、仕事のできない日本人のものじゃないか。

コバヤシ氏は、二十センチも高いところにある私の肩をポンと叩《たた》いて、そのままクールな足取りで去っていった。

一方、私はといえば、顔から火が出るような思いに囚《とら》われながら、しばしその場に立ちつくしていた。

（あー、なんてマヌケなこと言ってしまったんだろう。マービン・バトラーたるもの、あのニノミヤどもに感化されてしまったんだろうか。これでそうとう、私に対するボスの評価も悪くなるなあ……）

現在、六本木から赤坂、虎ノ門にかけての一帯は、ちょっとした外国の様相を呈している。ウィンブルドン・シンドロームと言われる中、それほど外資系金融機関の進出が集中し、外国人ビジネスマンが多くなっているのだ。

さらにそのライフスタイルも、無理に日本の習慣に合わせるのではなく、そのまま欧米流を押しとおす人が増えてきている。

エディや私みたいに、日本酒を飲んだくれ、日本人の彼女を作り、日本へ来たからにはオリエンタルな生活を楽しもう、などという外国人ビジネスマンは、むしろ少数派。

エリートになればなるほど、アッパークラスの外国人同士、閉鎖的な世界を作り、外国人同士の社交に終始し、外国人専用スーパーで買い物をし、外国人専用のレストランやプールバーへ出入りし、外国人の彼女と付き合う。またそれが、我々外国人ビジネスマンの間では、今風でカッコいい日本での暮らし方、とされている。

そういった点じゃ、この私なんか、そうとう変わり者の部類に入るだろう。なにしろ来日三か月目で、早くも「誠心誠意」だの「全力で努力」なんてことを口にするようになってしまったんだから。

ひょっとすると、私の中に百分の一くらい、日本人の血が混ざっているのかも。祖先は船が難破し、日本へ漂着した「ショーグン」だったりして……。

そんなことを考えながら、私はトボトボと自分のオフィスへ戻っていった。

九月十六日（愛の破局？）

今日、白金台の我が家へ帰ってくると、待ちに待った商品が届いていた。名前は「おニャンコ・バスターズ」。猫を寄せつけない団子状のもので、その中に動物の嫌いな臭いが練り込まれているらしい。

実は先日、こういう猫撃退グッズがペットショップで売られていることを、秘書のタケウチ女史から教わった。で早速、青山まで買いに行ったはいいが、いざ店へ到着しても中に入ることができない。ウインドウの前に立っただけで、とたんにアレルギー発作が起こり、咳《せき》が止まらなくなってしまったからだ。

しょうがないので、その日はいったんあきらめ、後日タケウチ女史からペットショップへ電話してもらった。その商品が、今日届いたのだ。

おニャンコ・バスターズの設置場所は、あらかじめ見取り図を作り、決めておいた。ガレージ。玄関とその周辺。リビング前のテラス。それぞれの窓の下。裏の勝手口。さらに猫の通り道になっている、隣地との境の塀の上……。

設置は、ただ置いてくるだけだから簡単なものの、なにぶん夕方の六時半で、外は蚊がひどい。少々うんざりさせられながら、なんとか無事設置完了。今ようやく、クーラーの効いた家の中へ戻ってきたところだ。

さーて、これでもうステロイドの世話にならないで済むぞ……。

そう考えると、急に気分が楽になった。

最近、太っちょエディのせいで、すっかり日本酒ファンになってしまった私は、キッチンの冷蔵庫をのぞいた。そして中から「澤乃井・輝夜」の瓶を取り出し、リビングへ戻った。

（そういえばエディの奴《やつ》、今度「利き酒士」の資格に挑戦するとか話してたな。こっちももう少し時間に余裕があれば、挑戦したいところなんだが……）

さらに私は、お猪口《ちょこ》とぐい呑《の》みにも凝り始めていた。既にコレクションも増えてきており、今日はその三十個ほどある中から、笠間焼の渋い茶色ので一杯やることにしよう。

ニヤニヤしながら、一人ちびり、ちびり。

至福の時間に浸っていると、玄関のチャイムが鳴った。出てみるとヨーコだった。

先日ニノミヤたちと、寿司屋でニアミスしてから、私たちはなるたけ外での食事を避け、家でとるようにしていた。

この日ヨーコの手には、スーパーの大きな包み紙。聞くと、ビーフシチューを作ってくれるという。

日本酒にはちょっと合わない気もしたが、可愛《かわい》いヨーコのすることなら、すべて許せる。

「ありがとう、楽しみだなあ」

「ウフッ、うまく作れるかどうか、わからないけど」

間もなくキッチンからは、トン、トン、トンと、ヨーコの野菜を刻む音が聞こえてきた。

音のテンポからすると、あまり上手じゃなさそうだけれど、ヨーコの場合、そこがまた可愛い。

私はその間、家の四方に注意を向けていた。

（なんとかニャンコ・バスターズの効果がありますように……）

三十分もすると、仕込みの終わったヨーコがリビングへ戻ってきた。後はグツグツ煮るだけだから、ずっとそばで見ている必要もないんだろう。

「どう？　君も一杯」

私が飾り棚から、ヨーコ専用のガラス製お猪口を取り出して勧めると、

「うん、じゃあちょっとだけね」

ソファの隣へヨーコを招き寄せ、ボブカットの髪に軽くキス。それからお互い、今日一日の仕事のことなどを話しはじめた。外はもう暗い。

ヨーコは時々、シチュー鍋《なべ》のことが気になる様子で、キッチンへ立ってはアクをすくい取っている。

一方私は、やはり猫のことが気になって、ヨーコが席を立つとすかさずソファを離れ、コソコソとテラスをのぞきに行く。

何度かそんなことを繰り返していた時のことだ。ちょうど私が前かがみになりながら、窓ガラスに額をすりつけていると、突然、背後から声をかけられた。

「ねえマービン、そこでなにやってるの？」

私はギクリとして振り返り、

「い、いや、なんでもない」

しかしヨーコの表情は怪訝《けげん》そうだ。

「だって今、変な格好してなかった？」

「あ、雨が降ってないかと思って……」

「降ってるわけないじゃない。さっきまであんなに晴れてたのに」

「そうだよね。さ、飲もう飲もう」

なんとかその場をごまかし、話題を元に戻す。

ところがそのうち、夜空をつんざくような、いつもの声が聞こえてきた。

――ニャーオ、ニャーオ――

近所の猫どもの鳴き声だ。それも最初は、二、三軒先から聞こえていたものが、だんだんこっちへ近づいてくる。

容赦なく襲いかかる偏頭痛。こうなると、私としても落ち着いてはいられない。

鳴き声が窓の外に響くたんび、顔を上げては眉《まゆ》を寄せる。そして視線を、真《ま》っ暗闇《くらやみ》の庭へと注ぐ。

隣に座っていたヨーコがまた言った。

「ねえ、なんだかマービン、やっぱりおかしいよ」

「ん？」

「だってこうして話していても、気もそぞろって感じだし」

「そんなことないさ」

「そうかなあ……」

ヨーコはしばらく、私の顔を見つめていたかと思うと、口調を重く落とし尋ねた。

「ねえ、なにか都合が悪いことでもあるの？　もしあたしがいちゃマズいんだったら、今日はこのまま帰るけど？」

「そんなことないって」

「いいから言ってよ」

「いや、ほんとになんでもないんだって」

「うーん……」

納得いかない顔のまま口をつぐむヨーコ。かろうじて取り繕ったものの、そうとう怪しまれている。

私がヨーコに、おニャンコ・バスターズのことを言わないでいたにはわけがあった。それは以前、ヨーコが道端の猫に手を差し伸べ、抱こうとしたり、手帳に猫のシールが貼《は》ってあるのを見たからだ。ということは、間違いなく猫が好きに決まっている……。

そんなヨーコが、気を取り直したように聞いた。

「ね、そろそろ食べない？　ほんとはもっと長い時間、ゆっくり煮込んだ方がおいしいんだけど」

「ああ、そうしようか。さっきからいい匂《にお》いもしてることだし……」

私たちは、場所をリビングからダイニングへ移すと、八人掛けテーブルの角のところへ、ちょうど直角になる形で座った。長い辺にヨーコ、短い辺に私だ。

テーブルの上には、ヨーコご自慢のビーフシチューと、添え物のベークドポテト、カリフラワー、ニンジンが並んでいた。ちなみに添え物の方は、冷凍食品かなにからしい。

飲み物は、先日ホテルを引き上げる際、長期滞在のお礼として料理長からもらった、赤ワインボトルの封を開けた。

「今夜は何に乾杯しようか」

私が尋ねると、

「だったらそうね、『ミスター・バトラーの挙動不審に対して』というのはどうかしら？」

そう言ってヨーコは、愛くるしい目を、さらにいたずらっぽくクリクリして見せた。

私たちの熱々ぶりに当てられてか、サカリのついた猫どもの声が、急におとなしくなったように感じられる。

グラスを重ね、

「さーてと、いっただっきまーす」

肝心のお味の方は、やはり少々煮込み不足だったようだ。それになんだか水っぽい。

一口つけた私の顔を、ヨーコが心配そうな目でのぞき込む。

「どう？　まずかった？」

「いや、おいしいよ。すっごくおいしい」

「ほんと？」

「ああ。この前までいたホテルの料理長に、作り方を教えてやりたいくらいさ」

ちょっと臭いお世辞だったけど、ヨーコは素直にほほ笑み返し、ありがとうと言った。褒《ほ》めても恥ずかしがるだけで、礼を言わない日本女性が多い中、ヨーコは珍しい方かもしれない。

さて、それから十五分ほどした頃のこと。再び外が騒がしくなった。

――ミャーオ、ミャーオ――

それに呼応するように、今度は別の猫が、

――ミャ、ミャ〜オ！――

どうしたことだろう。おニャンコ・バスターズの撒《ま》き方が、足りなかったんだろうか!?

(ああ、また偏頭痛が始まっちまったじゃないか……)

口の中でブツブツ言う私に対し、ヨーコの方はケロリとしている。

猫の鳴き声は、そのうちはっきりと庭先からも聞き取れるようになった。

もはや四十フィート（約十二メートル）の危険水域にさしかかり、そろそろ肌一面に、じんま疹《しん》が現れ始めるころだ。

顔をしかめ、思わず食べる手を止めた私を見て、ヨーコは勘違いしたらしい。まだ半分残っているシチューを指し、悲しそうな声で、

「ほんとはあたしの料理、気に入らなかったみたいだね」

そう言うと、目の前の皿を下げようとした。

「いや、そういうわけじゃ」

「ううん、いいんだよ。でもまずいならまずいって、はっきり言って欲しかった……」

二人の間に、言い様のない暗く重い空気が漂う。その間も外では、相変わらず猫の鳴き声が続く。

アレルギーの限界に達した私の顔や手足には、既に無数の赤い斑点《はんてん》が浮かび上がってい た。割れそうな偏頭痛と、気が狂うほどの痒《かゆ》さ。カールした髪の毛の逆立っているのが、自分でもはっきりわかる。

もう我慢できなかった。

――ミャ〜オ!!――

ひときわ大きな鳴き声にキレた私は、ナプキンをはじき飛ばし、リビングへ駆け込んだ。

そして窓の外へ向かい、激しくガラス戸を叩《たた》きながら怒鳴った。

「シャターップ！クソ猫ども、あっちへ行けーっ!!」

ふと気づくと、頭から湯気をたて、目は三角、まるで赤鬼みたいな顔で仁王立ちになっている、大男の自分がいた。そしてその脇《わき》に、唖然《あぜん》とした表情で豹変《ひょうへん》した私を見つめる、小柄なヨーコがいた。

彼女は、ガラッと戸を開けると、裸足のままテラスへ出て行った。そこに転がっていたのは、さっき撒いたおニャンコ・バスターズの空袋だ。ヨーコはそれを無言で拾い上げると、軽蔑《けいべつ》するような目で、ガラス戸越しに私の顔を見つめた。

それから部屋に戻ってくると、ポツリと漏らした。

「そうか、そういう人だったの……」

「違う、違うんだって」

私の弁解を聞こうともせず、ヨーコは持ってきたバッグに手を伸ばした。

「さよなら」

玄関に向かう彼女を、もちろん私も止めようとした。しかし何を言っても聞いてくれない。

彼女の肩にかけた手も、冷たく振り払われた。

「やめてよ」

「ヨーコ、待ってくれ」

「………」

「そうじゃないんだ。これにはわけが」

後を追う私に、ヨーコは寂しげな背中を見せたまま、表通りの方角へ歩いて行った。そして一度も振り返ることのないまま、たまたま通りかかったタクシーへ乗り込んだ。

家に戻ってきた私は、一人リビングのソファの上で、茫然《ぼうぜん》自失していた。ダイニングテーブルの上に取り残された二人分の食器が、いっそうもの悲しさを誘う。

ああ、さっきまであんなに楽しかったのに……。

いったいなんでこんなことに……。

ヨーコが家に着く頃をみはからって、何度か電話してみた。けれど聞こえてくるのは、留守を告げるむなしいメッセージ音のみだ。

時間を置いて再度電話するも、やはり同じことだった。

このままサヨナラになってしまうんだろうか……。

あの可愛《かわい》い唇に、もう二度と触れることができないんだろうか……。

はてしない悲観論が、私の頭の中を何度も往来する。

日本へ来て以降、これほどつらく感じられた夜はなかった。

九月十七日（つぐない）

些細《ささい》なことから、愛するヨーコに嫌われてしまった翌日。

一晩経てば機嫌も直ったかと思い、朝一番でヨーコのマンションに電話を入れてみた。

しかし結果はやはり、昨日と同じ。むなしい留守電のメッセージが流れてくるのみだ。

精神的ダメージははなはだしく、出社後の仕事の能率、三十パーセントダウン。

午前十時と十一時、メチャクチャ忙しい仕事の合間を縫って、オフィスから再度電話。

今度は彼女の携帯にかけてみるものの、電源が切られていた。

ショックにより仕事の能率、さらに全開時の五十パーセントにまで低下。バッテリーチャージが必要な状態だが、それを満たしてくれるのは、この世でただ一人、ヨーコしかいない。

昼前もう一度、自宅と携帯のそれぞれへ電話してみた。しかし両方ともつながらず。

しょうがないので、自宅の留守電に、次のようなメッセージを吹き込んでおいた。

「ヨーコ、昨日はごめん。でも話だけ聞いて欲しいんだ。お願いだ、頼む。こんなことで君を失いたくない……」

だけど吹き込んだ後で気がついた。「こんなこと」って言い方は、やっぱりマズかったかな……。

昼食は、食欲不振で何も喉《のど》を通らないかと思いきや、逆にヤケ食いに走る。内訳は、温製きのこ&ベーコンのサラダ、アラビアータのパスタ、それにカルッツォーネのピザをそれぞれ一人前ずつ。愛を失った代償が、四ポンド（約一・八キロ）の体重増へと化けてしまった。

午後も仕事の合間を縫って三回電話してみた。けれど結果はやはり同じこと。なんだかんだで、今日は合計二十回くらい、ヨーコに電話したんじゃないかと思う。

そして寝る前にもう一度、彼女の留守電へメッセージを残しておいた。

「ああ、君のいない私は、もはや脱《ぬ》け殻のようなものだ。ガス欠のクルマ。太陽を失ったひまわり。風に見放された風車。シナモン・スティックの添えられていないカプチーノ……」

吹き込んでいる最中、突然ひょんなことの原因がわかった。

この前ヨーコの作ってくれたビーフシチューが、いまいちうまくなかったのは、あの時彼女が生クリームを入れ忘れたせいだ!!

九月十八日（緊急事態発生！）

クソクソクソッ、なんて忙しいんだ。それも急に忙しくなりやがって！

収益予想のシミュレーションは、目標と大幅にかけ離れてしまっているし、人事に命令してあった雇用契約更改時の例外規定も全然あがってこない。

おまけに採用が決まっていた債権流動化の専門家チームは、全員そろって「やっぱり止める」なんて言い出す始末。

あれなんか、既に本社へも報告した後なのに、まったく踏んだり蹴《け》ったりとはこのことだ。

そもそも米本社自体が、同じアメリカのJ・I・ダリルに吸収合併される、なんて噂《うわさ》まできこえてきた。ほんとかよ⁉

もし事実なら、ここの現法はどうなってしまうんだろう。副社長の私はクビか？

おかげで本社の連中に、情報収集のための国際電話（とはいっても専用回線を丸ごと買い取ってあるので、全然外国と話してる感じはしないのだけど……）をかけまくってみたが、わからない。

そこへもってきて、妻のジョアンが、くっだらない用件でオフィスへ電話してくるんだから、もう最悪だ。それもなんと一日三回も。


そうこうするうちに、早くも夕方の六時。

これじゃヨーコに電話してる暇もない。

そうだ、時間は遅くなるけど、帰りに寄ってみよう。直接マンションを訪ねれば、彼女だって機嫌を直してくれるかも。

仮に出てこなくても、置いてくればいいさ。ドアの外へ、ちょっとした花束かなにかを……。

九月二十一日（ピンチ到来）

ここ数日来、にわかに襲ってきた仕事ラッシュ。

そんな中、頼りになる秘書のタケウチ女史が、昨日からインフルエンザでダウンしてしまった。

マービン・バトラー、ますますピンチ。とても身の回りのことまで手が回らず、不本意ではあるが、緊急避難的に再度ホテル暮らしを決定。予定としては一週間。

ここを乗り切らないと、マジでクビが飛びそうだ。かなりヤバい。

そうでなくても最近、ボスであるコバヤシ氏の私を見る目が変わってきている。もしかしたら、既にそうとうデキない奴《やつ》と思われてるのかもしれない。

なんとかここで踏んばらねば。このピンチを切り抜けて、ほんとはデキる奴だというところを、見せつけてやらないと……。

九月二十二日（断筆宣言）

とてもではないが、悠長に日記をつけてる暇などなくなってしまった。残念ながら一時中断。

chapter 12　百万ドルの留守電

九月二十八日（メッセージ）

我ながらよくがんばった。自分で自分を褒《ほ》めてやりたいと思う。

この一週間、来日以来最大のピンチを、なんとか切り抜けることができた。

途中、旧かみかぜ銀行行員による、客の金《かね》チョロまかしの事実が発覚。さらに急なシンガポールへの出張が二回。

そんな突発事項があったにもかかわらず、どうにか懸案事項のほとんどに目途がついた。まさに火事場のバカ力といえる。

反面、失うものも大きかった。

ヨーコとは依然、音信不通の状態が続いている。帰りに寄って、花束でも置いてこようと思った日も、結局は忙しすぎて寄れずじまいだった。

電話だって、シンガポールへ行く前、一度留守電に入れたきりで、ここ数日間はかけてない。もちろん直接、話してもいない。

考えてみれば、私が急に忙しくなったことさえ、伝えてはいなかった。

正直言って、もうダメだろうという気がした。きっと向こうは私のことを、「出稼ぎガイジンの、たんなるお遊び」と思ったに違いない。都合よく遊ばれて、そのまま冷たく捨てられて……。

何日も徹夜が続き、疲労感がむしろ心地いいくらいになっていた。

ホテルを引き払い、一週間ぶりに自宅へ戻る。そんな私の目に飛び込んできたのは、留守電メッセージがあることを示す点滅ランプだった。

(フンッ、どうせまた、ジョアンがギャーギャー言ってきたに決まってる……)

再生ボタンを押して聞き始めると、予想したとおりだ。

最初の六件は、ことごとくジョアンからのもの。用件はあいかわらずで、子供たちのことや、早く日本へ来たいというようなものばかりだった。

しかしその直後、私は自分の耳を疑った。なんとそこから流れてきたのは、ヨーコの声ではないか。

メッセージは短かった。

「ヨーコです。お留守のようですね。また電話します」

その後の、ジョアンからの留守電は全部すっ飛ばし、さらにヨーコの声を探す。

すると何件か先に、もう一回入っていた。

「何度も留守電いただいてありがとう。わたしもずいぶん子供じみた真似《まね》をしたなと思って、反省しています。ねえ、また会いたいな。ダメですか？　留守電をもらうたび、ほんとはその場にいて、出たくてしょうがなかったヨーコより」

十月三日（週末旅行）

待ちに待ったヨーコとの再会。その仲直りの印として、今日ドライヴに行った。

場所は稲取。伊豆半島の東側にある、漁業と温泉の町だ。

エディの話によると、そこに「徳造丸」という、うまい物を食わせる店があるらしい。実際に奴《やつ》も先日、例のおデブちゃんの彼女を連れて行ってきたそうな。

それを聞き、じゃあ我々も……、という気になったわけだ。

行きのドライヴは、快適そのものだった。海岸沿いの道をクネクネと、まるでラリーカーのように飛ばしていく。左手に広がる海も、終始キラキラと輝いていた。

途中、湯河原で朝食兼昼食を摂ったり、伊豆高原でお茶をしたりと、寄り道が多かったせいか、目指す「徳造丸」へ着いたのは午後五時半。既にけっこうな時刻になっていた。

店へ入ると、さっそく「頼朝コース」というのを頼んだ。これもエディから、あらかじめ教わっていたものだ。

まずはお通し。その後は、各種刺身や酢の物、金目鯛の煮付け、といった料理が続く。そして半身の伊勢海老《えび》が入った、豪華版の味噌汁《みそしる》が出てきた頃には、私たちのお腹もいっぱいになっていた。

「あー、おいしかった」

向かい側に座ったヨーコの満足そうな表情を見ていると、私の方までうれしくなる。

「気に入ってくれてよかったよ」

店を出た私たちは、クルマを置いたまま、しばらく漁港の周りを歩いてみた。

海はとうに陽が落ち、漁港の寂しげな光景が、私たち二人の間の距離をいやがうえにも近づける。港につながれた漁船はどれもくたびれていて、水面の上下する動きにあわせ、物悲しいきしみ音をあげていた。

ヨーコはブイに寄りかかり、もう少し海を見ていたかったようだが、西洋人の私には、漁網の生臭さが気になった。

「そろそろ行かないかい？」

「ええ、そうね」

帰りのクルマの中で、ヨーコは自分のバッグから一枚のCDを取り出した。

「なんの曲？」

「さあ、なんだと思う？」

間もなくカーステレオからは、聞き覚えのあるメロディーが流れてきた。ロドリーゴのアランフェス協奏曲を、ジャズ風にアレンジしたものだ。

「これもしかして、ジム・ホール？」

「うん」

「君って、こういうのが好きだったのか」

「まあね。いけない？」

「いや、いい趣味だと思ってさ」

ジム・ホールのギターも泣かせるけれど、それに輪を掛けてローランド・ハナのピアノが、寂しげないい味を出していた。

夕日の落ちた海岸線からは、潮の香りと波の音。対向車線を走るクルマもまばらだった。

「なあ、ヨーコ」

「ん？」

彼女の穏やかな視線が、見ずとも隣の私へ移されたのがわかる。

「今日は土曜日だろ。明日まだもう一日休みがある」

「だから？」

「帰りたくないんだ」

「………」

「もしよかったら、どこかこの近くに泊まっていきたい」

ヨーコはちょっとだけ考えるしぐさを見せてから、小さくうなずいた。

「うん。でもたぶんこの時間じゃ、モーテルぐらいしかやってないと思うけど」

「いいじゃないか、そこで」

私の頭の中にあったのは、アメリカの郊外でよく見かける、ごくごくポピュラーな安宿だった。モーター・ホテルは、年寄り夫婦が泊まることもあれば、子供連れの家族が泊まることもある。

助手席の、いまいち煮え切らない顔をしているヨーコに尋ねた。

「なにか問題でも？」

「ううん、別に……」

「だったらそうしよう。チープなところで申し訳ないけど、ビールでも飲んでゆっくりしようよ。正直言って、少し疲れちゃった」

とその時、私たちの左前方に、ド派手なネオンサインが映った。「田舎のラスベガス」といった感じだ。

「ヨーコ、モーテルってあれじゃない？」

「そうだけど……」

「よし、じゃあ入っちゃおう、入っちゃおう」

矢印のとおり左折すると、いきなり幅の狭い砂利道になった。その両側を誘導するように、ボンボリみたいなランプが続いている。

「ふーん、変わってるなあ」

道なりに進んでいくと、どんどん山の中へ入っていくみたいだ。

「日本のモーテルというのは、すごい場所にあるんだな」

「ええ、まあ……」

さらに少し行ったところに、目指す宿はあった。

とんがり屋根に丸窓という、どこの国のものともわからない不思議な外観。壁はショッキングピンクとブルーのツートンカラー。いったいどういうセンスのデザイナーが建てたのかと、首をかしげるばかりだ。

「ヨーコ、クルマはどこへ止めるんだい？」

「空いてるところならどこでも」

「だったらあの奥にしようか」

建物にビルトインされたガレージにメルセデスを入れると、いきなりバシャンという音がし、入り口脇《わき》のサインの色が変わった。と同時に、ドアポーチの明りがともり、オートロックが解除された。

「誰か見てるのかな？」

「たぶんセンサーが付いてるんでしょう」

中へ一歩足を踏み入れると、これまたびっくり仰天だった。

壁は一面金ピカで、中央にはビニール製の赤いベッド。その枕元のところには、ブルース・リーの映画に出てくるような、オリエンタルタッチの御簾《みす》と鏡。見上げれば、天井も一面鏡張りだ。

バスルームをのぞいてみれば、これまた豪華な金ピカのバスタブに、浮世絵柄の洗面器ときた。

「ねえヨーコ、ちょっと来てみなよ。こりゃすごいよ！」

私は有頂天で大声をあげたものの、ヨーコの応答はない。戻ってみると、彼女はティーバッグの緑茶を入れていた。

しかもなぜか、あいかわらず困惑の表情を浮かべたままだ。

「すごい、すごい！」

まるで子供のようにはしゃぐ私に、ヨーコが湯飲みを差し出した。

「とりあえずどーぞ」

「サンクス」

もらったお茶を口に含みながら、私はふと、テーブルの上に置いてあった宿泊案内へ手を伸ばしてみた。

「ふーん、どれどれ……」

日本語など読めもしないくせに、パラパラとめくっていく。

と次の瞬間、私は自分の目を疑った。

なんとそこにあったのは、大人のおもちゃのカタログではないか。しかも堂々と、それぞれが写真入りで載っている。

「なんだいこりゃあ⁉」

思わず声をあげた私に、傍らで様子を見ていたヨーコも、こらえきれずに吹き出した。

「プハッ！　ハハハッ！」

その後はもう、二人顔を見合わせ笑いどおしだ。

「ワーハハハッ！」

「ヒェーヒェヒェヒェッ‼」

涙をこぼしながら、十分間は笑い続けた。もしかしたら一年分の笑いを、ここで一挙に放出してしまったかもしれない、とさえ思えたぐらい……。

そんなこんなで、今日はいろいろあった。でもとてもいい一日だった。

そうだ、今度ここのモーテルを、とぼけてエディに教えてやろう。そしたらあいつ、例のおデブちゃんの彼女といっしょに来るだろうな。来たらやっぱり吹き出すぞー。大笑いして、心臓発作で倒れちゃうかも。

ヨーコはさっきから、私の隣で寝息を立てている。なんとも静かで、穏やかな寝息だ。そんなヨーコの顔を見ていたら、私もなんだか眠くなってきた。思えば今日は、ずいぶん運転もした。

フファーッ……、おっと、あくびが出てきてしまった。じゃあそろそろ、かすかな波の音を聴きながら、私も眠りにつくとするか。

十月五日（ガセネタ）

我々のホライズン・ステートが、同じアメリカのJ・I・ダリルに吸収合併されるという話は、まったくのガセネタだった。

証券部門をホフマン・ラックス&モートンに買収されるのでは、という噂《うわさ》のあったレイモンド・ロイヤルが、いい譲渡条件を引き出すために、どうやら自ら流したものらしかった。

それにしても、あのホフマン・ラックス&モートンという巨大証券は、いったいどこまで大きくなれば気が済むんだ？

これまでもダボハゼみたいに買収買収を繰り返し、もはや元の名前がなんだったのかも、よくわからなくなってしまっている。それがさらに大きくなろうっていう話だろう？

買収対象も、レイモンド・ロイヤルだけじゃなく、ファースト・ペリカン銀行の膨大な店舗網を狙《ねら》っているという情報もあるし、いくつかの生保を取り込もうという噂も後を絶たない。

そんなことをして、ほんとに大丈夫なのか。マンモスみたいに大きくなりすぎて、そのうち会長が死んだら、いっぺんに空中分解しちゃうんじゃないか？

もっともその前に、我々ホライズン・ステートが踏みつぶされてしまう可能性の方が大きかったりして……。

あー、同じよそへ移るんでも、後十年、今の収入を確保できればいいんだが。そしたら五十一歳にして、夢のゴールデンパラシュートが実現できる。

リタイア後は六十五まで、カナダかどこかの大自然のあるところで暮らし、その後は暖かいフロリダあたりでのんびりしよう。

よーし、負けられないぞ。場所が日本だろうがどこだろうが、私は勝ってアメリカへ帰るんだ！

十月七日（ベーグルについて）

最近思ったこと。

日本のベーグルは、やっぱりヘンだ。妙に軽かったり、柔らかすぎたりする。そもそも焼き方が足りなくて、嚙みごたえが物足らないし、塗るペーストだって口に合わない。

と思っていたところへ、今日すごくうまいベーグル屋を発見した。たまたま入った代官山の店なんだが、私がアメリカでいつも食べてた味とまったく同じ。生地のモチモチさ加減がたまらなく、レモン入りクリームチーズペーストも絶妙だ。

そうだ、これを秘書のタケウチ女史へ、お土産に買っていってやろう。彼女にはいつも世話になってるからな。もうおばさんだし、とても肉体関係を持ちたいという気にはならないけれど、こと仕事に関してはよくやってくれている。手際もいいし、判断力も優秀だ。

タケウチ女史に限らず、どうも日本では、総じて女の方が仕事ができる。たまに来る社外のアナリストにしてもなんにしても、これはと思うのはたいていが女性だ。男でマトモなのに出くわすこと自体、むしろめずらしいくらいだもの。

いずれにしても、タケウチ女史には日頃から感謝している。たまには秘書孝行しておかないと……。

そうそう、ペーストも、マーマレード入りのやつとアーモンド入りのやつ、二つ買っていこう。彼女の旦那《だんな》もアメリカ人だから、きっと喜ぶぞ……。

chapter 13 ジョアン台風上陸

十月十五日（妻の来日宣言）

えらいことになってしまった。

なぜなら朝方、妻のジョアンから、いきなりこんな電話がかかってきたからだ。

「ねえマービン、わたし来週、そっちへ行くことにしたから」

「えっ？」

「だから行くのよ、日本へ」

「本気かい」

「ええ、なにか問題でもある？」

「クリスやデイビッドはどうするんだい。学校があるだろう」

「それなら大丈夫。母に頼むことにしたから」

「頼むって、子供たちのめんどうを？」

「そうよ。彼女だって子育ての経験はあるんだから、一週間くらいどうってことないでしょう。電話で話したら、むしろ喜んでたわ」

ジョアンの母というのは、以前ホテルに電話してきたことのあるクレア・ラッセルだ。七十近いおばあちゃんで、ボストンに住んでいた。

「それにしてもジョアン、またずいぶん急な話じゃないか」

「あら、そうかしら。だってあなた、もう新しい住まいも見つかったって言ってたじゃない」

「そりゃそうだけど……」

「だったら構わないでしょ。むしろわたしの方も、一度ぐらいは行っとかないとマズいんじゃない？」

「あ、ああ。とてもうれしい話だね……」

言葉とは裏腹に、私は内心パニクっていた。

「しかしだよ、ジョアン、飛行機のチケットは取れたのかい？　最近はなかなか、手に入れるのが難しくなっているというから……」

「はあ？」

「だから、チケットを手に入れるのが難しくなってるのさ。もしなんだったら、先にこっちで手配して、それから君の方へ送ろうか？」

少しでも時間を稼ぎたい私は、あらぬ出まかせを口にした。

返ってきたのは、ジョアンの笑い声だった。

「アハハ、なに言ってるのマービン。チケットなんかどこだって取れるわよ」

「そ、そうかな」

「当たり前じゃない。だってもう、さっき電話一本で取っちゃったもの」

「!!……」

「それも窓側のビジネスシートで、往復たったの八百五十ドル（約十万二千円）。安くなったもんよねえ」

こちらの先延ばし作戦、あえなく失敗。どうやらジョアンは本気らしい。

その彼女が、当たり前のような口調で聞いてきた。

「ところでマービン、空港までは迎えにきてくれるんでしょうね」

「あ、ああ、もちろんさ」

「いちおう日本の日付で、サンデーの午後に着くようにしておいたわ」

日曜日といえば、あと三日後じゃないか。いくらなんでも急すぎる！

「それからマービン、そっちはどんな具合？」

「どんなって？」

「だから決まってるでしょ。暑いか寒いかよ。それによって、着てくものも考えなきゃいけないから」

「ええっと、そうだなあ……。あ、晴れてるよ」

私はもう、上の空だった。

先日の仲直り以来、ヨーコとは半同棲《はんどうせい》のような生活をしていた。それもこの白金台の家で。

「なあジョアン、子供たちのことだけど、ほんとにお母さんにまかせちゃって大丈夫かな？」

私はなおも、妻を思いとどまらせようと試みたが、無駄な抵抗でしかなかった。

「マービンなに言ってるのよ。彼女なら大丈夫。あ、いけない。そろそろあの子たちを迎えに行かなくちゃ。後でまた電話するわ。じゃあね」

言うなりジョアンは、さっさと受話器を置いてしまった。

パジャマのまま、リビングのソファの上で頭を抱えていると、二階のバスルームから、朝シャンを終えたヨーコが髪を拭《ふ》きながら降りてきた。

「ねえ、こんなに早くから電話？」

「いや、たいしたことじゃないんだ」

「でも顔色が変よ」

「気のせいさ。さーて、早く支度して出かけないと」

オフィスに着いてからも、私は悩んでいた。なにしろジョアンが押しかけて来るというんだから。

私は今、「フリン」しているのだ。そんな安っぽい日本人の言葉など使いたくないし、精神的な愛もある。事実、ヨーコを心から愛している。

けれど現象面だけから見れば、やはりフリンはフリン。証言台で宣誓させられたら、クリントン同様「不適切な関係」と認めざるを得ないだろう。

家の中には既に、ヨーコの持ち物がいっぱいあった。洗面所には脱毛クリームやヘアケア製品、ベッドルームやその奥のクローゼットにも、下着やらなにやらが何組も置きっ放しにされていた。

私は一時、緊急避難的に、別の場所を借りることも考えた。だけどジョアンには、今の住所も電話番号も教えてある。

それに、一週間もジョアンに付きっきりでいれば、ヨーコだって怪しむに決まっている。海外出張で家を空ける、なんて嘘《うそ》が見抜けないほど、彼女はバカな子じゃなかった。

冷静に考えれば、いつまでも今のままでいられるわけがないんだ。

いずれヨーコには、ちゃんとほんとうのことを話さなければいけない時がくる。

決して捨てるつもりはないけれど、先へ行けば行くほど、彼女の傷つく度合いも大きくなる……。

その夜、私はヨーコに打ち明けることに決めた。

お互い、少々仕事が忙しくなっていた時期だったので、共に帰宅は九時過ぎの予定。先に着いた私が、重い気持ちで待っていると、間もなくヨーコが帰ってきた。

「ただいま」

「おかえり。今日はどうだった？」

「まあまあかな。ねえ、夕飯はどうする？　どっかへ食べに行く？」

「だったら中華のデリバリーにしないか。なんだかうちでゆっくり食べたい気分なんだ。ちょっと相談したいこともあるし……」

三十分後、私たち二人はダイニングにいた。

いつもたいてい、飲み物を用意するのは私の係、一方のヨーコは食器係だ。届けられた中華のパッケージを開けながら、ヨーコが尋ねた。

「ねえ、相談ってなに？」

「うん」

「もしかして、今朝の電話のこと？」

「う、まあ」

「奥さんから？」

「………」

私はすぐに返せなかった。

ヨーコはといえば、表情を変えないまま皿をテーブルの上に並べ、保温容器の蓋《ふた》を取っている。

私は、グラスにビールを注ぐ手を止め、うめくように漏らした。

「知ってたのかい」

「ええ」

「いつから」

「あたしだって女よ。それくらいはだいたい」

「じゃあなんで……」

ヨーコは、こちらの質問に答えようとはせず、別のことを口にした。

「あたしね、マービンって正直な人だと思う」

言ってる意味がわからなかった。

「なぜだい？」

「だって一度も、嘘ついてないよね」

私からすれば、事実を告げなかったこと自体、ほとんど嘘のようなものだった。

「そういう問題じゃ……」

「ううん、いいの。だってあたしは聞かなかったでしょ？　奥さんがいるかどうかなんて。聞かれてもないことを、わざわざ言う必要なんてないじゃない。だからマービン、あなたは正直な人。あたしはそう思う」

それから二時間後、荷物をまとめたヨーコは、私の家の玄関先に立っていた。

情けないことに私は、深く傷ついているであろう彼女に、なにもしてやれない。できることといえば、荷物の一部を代わりに持ってやるぐらいだ。

そんな私に、ヨーコがポツリと言った。

「あたしもう、この家へは来ない。だけど……」

「だけど、なに？」

「だけど……、さよならはイヤ」

そう言うとヨーコは、両腕のふさがった私の胸に顔を埋《うず》めてきた。あふれる涙のつたわるのが、シャツの上からでもよくわかる。

私はそのか細い肩を抱きながら、彼女の髪に自分の頰《ほお》をすりつけた。

「私もだよヨーコ、私も」

一分か、二分か、あるいはもっとだったかもしれない。

ヨーコは静かに顔を上げると、私の目の、そのまた奥の一点を見つめた。

「たまには会ってくれる?」

「もちろんさ。電話してもいいかい」

「うん、して。いつでもいいから……」

十月十六日（カモフラージュ）

妻のジョアンが来るまで、猶予期間はあと二日。

いちおうヨーコの荷物は全部引き払ってあったものの、ヘンなところで病的にまで細かいジョアンのことだ。どこでボロが出ないとも限らない。

そこで今日、家中ヨーコの形跡が残ってないかどうかの、最終チェックを行った。

結果、発見されたもの。

バスルームの棚のシャンプーの奥に、メーク落としのチューブ一本。メーク落としはもう一本、洗面所にも置いてあったので、きっとこちらの方だけヨーコが忘れていってしまったんだろう。

トイレのマットから、ヨーコのものらしき怪しげなカーリーヘア一本。でももしかしたら、私のかもしれない。

洗面所のウォーターピックの付け替えノズル。二人分あっては、やっぱりマズい。

リビングボードの上の皿の中に、シルバーのイヤリング一対。以前、外から帰ってきたヨーコをソファの上へ押し倒し、そのまま盛り上がった時のものと思われる。

冷蔵庫の扉に磁石で貼《は》った、ヨーコのメモ。なにが書いてあるかはわからないけど、私が日本語を書けるわけがないので、これも撤去。

ベッドの周りから、ヨーコのものに相違ない九インチ（約二十三センチ）長のストレート数本。シーツは替えてあったものの、見落としがあったので愕然《がくぜん》となる。決定的な証拠となる恐れがあるため、這《は》いつくばりながら徹底除去。

おそろいのランチョンマット。しかしこれは、取っ換え引っ換え洗いながら交互に使っていた、との主張も可能なため、一枚を片付けるのみで対応。

次に、捜索を移動したクルマの中から発見されたものは、以下のとおり。

助手席シートの上の髪の毛数本。

コンソールボックスの中に紛れ込んでいたおみくじ（たぶん稲取へドライヴに行った帰りに立ち寄った、なんとかいう箱根のテンプルのものだと思う）。

ダッシュボード上の、細くて赤い、誰が見ても女性用とわかるシャープペンシル一本。

発見された彼女の持ち物は、すべて一つにまとめ、明日中に私のオフィスの引き出しへしまってくる予定。

八時すぎに帰宅し、捜索に要した延べ時間、二時間十五分。そして今の時刻は、夜の十時半。

フーッ、もういいかげん疲れちゃった。ヨーコの持ち物が見つかるたびに、懐かしさで胸が締めつけられる思いがして、ほんと、つらかった。

どうせ明日は土曜なんだし、今夜は家で一杯やるとするか。そうでもしなきゃ、気持ちが収まらない。

おっと、その前にもう一つ、忘れてはいけないことがあった。

アメリカから持ってきたまま、荷物の中にしまいこんであった家族のフォトスタンド。あれを引っぱり出して、どこか目立つところに飾っておかなければ……。

十月十七日（厳戒体制発令）

妻ジョアンの来日予定は明日。もう目前に迫っている。

問題は、その滞在日数だろう。なんと一週間もいるという。

しかも私は昼間、会社での仕事がある。その間彼女に、いったい何をさせておけばいいというんだい！

考えた末、私はクレジットカード会社の案内デスクへ電話してみることにした。持っているのはゴールドカードだから、いざという時、少しは役にたってくれるかもしれない。

用件を述べると案の定、向こうは慣れた英語でこう応じた。

「それでしたらお客様、バスでの観光がよろしいかと存じますが」

「どこへ連れていってくれるわけ？」

「コースによっていろいろです。浅草、東京タワー、皇居などの都内めぐりから、日光、鎌倉、箱根、横浜などの近郊まで足を伸ばすコースもございます」

「日本語がわからなくても大丈夫かな」

「ご心配には及びません。ガイドの説明は、すべて英語です」

「一人の参加でもいいの？」

「ええ、そういうお客様もたくさんいらっしゃいます。みなさん外国から観光にみえた方ばかりですので、お互いすぐに打ち解けられます」

さらに細かいことを聞いていくと、予約は前日まで、集合場所は虎ノ門か赤坂のホテル前だという。

よーし、これでなんとか二、三日はもちそうだ。あとは運を天に任せ、台風が通り過ぎるのを待つしかないだろう。

追記

明日より一週間、再び日記は中断する。

書くのに使っている携帯用パソコンも、中身をジョアンに見られぬよう、ヨーコの持ち物と共にオフィスへ移動。緊急事態体制をとる。

なお、不測の事態発生により万が一、私が死亡した際のお願い――この携帯パソコンを発見された方は、お手数ですが下記の者までご連絡、もしくはお届け下さい。

郵便番号153―0061、東京都目黒区中目黒一の×の××、第二リビエラマンション405号、奥村葉子。

十月二十五日（ジョアン台風通過）

本日未明、ジョアン台風、無事通過。成田から太平洋沖へ抜け、温帯低気圧となる。台風による死者および負傷者――奇跡的にゼロ。家屋等の損壊――これもなし。

いやあ、気を遣った一週間だった。おかげで三キロ減量という、副次的効果まであった。

意外だったのは、ジョアンの精神状態が、比較的安定していたことだ。

予定通り、一週間のうち三日目と四日目は、外人専用観光バスによる、東京と鎌倉見物に行ってもらった。

さらに週の後半、エディとガールフレンドのカズエ（例のおデブちゃん）が、エディのマンションでホームパーティーを開き、私たちを呼んでくれた。

夕飯は、早めに帰宅した私がほぼ毎晩、違うレストランへと連れ出し、楽しいトウキョーナイトの演出に努めた。

そんなこんなで、いろいろ目先を変えるよう、こちらもかなりがんばったつもりだが、そうでない日も、彼女はことのほかおとなしかった。

理由としてはまず、本に夢中だったことがあげられる。

わずか一週間の滞在だというのに、ジョアンは分厚い書物を五〜六冊も持参。「精神世界へのいざない」だとか、「古代霊能力者の真実」「驚異の神秘体験」といった類《たぐ》いの本ばかりだった。

加えて、趣味のヒーリングにも熱中していた。

私が五時半きっかりに帰ってくると、リビングにはお香の匂《にお》いが立ち込め、船酔いするような音楽がかかっていた。

彼女に言わせると、一日三時間はそれをやらないと、人間として内面からの崩壊が始まってしまうとのこと。つまり日中、仕事で私がいない間、彼女は家でそんなことばかりしながら過ごしていたらしい。

そういや、クリスとデイビッドを連れてきていっしょに住みたい、という希望もほとんど口にしなかった。以前のようにヒステリックにわめき散らすこともなく、私がおっかな

びっくり、

「この次はいつ来るつもり？」

と尋ねても、

「そうねえ。あんまりバタバタしてもしょうがないから、ちゃんと準備ができてからまた考えましょう」

などと涼しい顔をしていた。

自らしゃかりきになって、子供たちの学校や病院を探し回る、なんてこともなかった。

もしかしたらジョアンの奴《やつ》、ファット・バーナー（脂肪燃焼を促進するという名目のヤセ薬）でも飲み始めたかな？

エディの話によると、あれを飲むとたいてい鬱病《うつびょう》気味になるという。というか、そもそも鬱病気味にすることによって、人為的に食欲を抑え、その結果やせるというものらしい。

もしそうだったら、頼むからこのままずっと飲み続けてくれないか。

ま、なんでもいい。とにかく一難去ったんだ。

これでようやく元の生活に戻れるぞ。愛すべきヨーコとの、甘くとろける蜜《みつ》のような生活に……。

chapter 14　一身上の都合により

十月二十七日（渋谷系日本女性についての一考察）

今日の昼間、ちょっとばかし渋谷方面へ行く用事があった。米系証券のM&A部門から、つぶれかかった日本の保険会社との提携話を持ちかけられ、いちおうどんなものか見にいってきたんだ。

その帰り、会社の公用車で渋谷の街中を走っていると、ドラッグストアが目に留まった。緑色の、やたらよく見かける看板だ。

そういえば私の愛用しているビタミン剤群も、このところ残り少なくなってきた。ちょうどいいや、というんで、運転手にクルマを止めさせ入ってみた。

店名は、サカモトタカシ渋谷店。私にとって初めての店だけど、中は日本の若い女性で満員の大盛況だ。

そこで補充したビタミン剤はというと、いつものキューピーコーワゴールドA、チョコラBBゴルデン、新ポポンS、エスファイトゴールド、ハイシーBメイト、豊年カルシウム錠（ヨーグルト味）、リノックスＥハイ、クニキチビタミンＣ錠２０００。加えて今回、試しにカルニマグイッチとユベロンゴールドも買ってみた。

健康を、エディは美食により、ジョアンはヒーリングにより、そして私はビタミン剤により保っている。

ちなみに社長のコバヤシ氏は、早朝のジョギングと、規則正しい生活により維持しているらしい。来日早々、まだ私がホテル暮らしをしてた時、日比谷公園での早朝ジョギングに誘われたこともあった。

他にも彼は、週末のテニスを欠かさないというし、バックギャモン（西洋将棋の一種）の有段者だというし、なんだか我々より、よっぽどアメリカ人みたいだ。ま、だからこそ、外資系の社長をやってるんだろうが……。

さて、そんなことより今日、私がサカモトタカシ渋谷店で感じたことを、ここに要約して記す。

一、みなおしなべて化粧が濃い。
二、しかもその化粧のセンスが悪い。
三、少なくとも半数以上が、性病を持っていると思う。
四、しかもその性病を治すことより、化粧の方にカネを使っている。

五、スタイルが悪いのに、自分ではいいと思っている。

六、意図的に露出した脚が曲がっており、しかもあざや虫に食われた跡が多い。

七、そんな脚でも、世の中の男全員が興味をそそると思っている。

八、高いハイヒールは、体に良くないという、医学的研究結果を知らない。

九、仮に知っていても、それで引っかかってくる男とセックスした方がいいと思っている。

十、携帯電話が頻繁に鳴り、誇らしげな顔で出る。

十一、しかもかけてくる相手は、たいした人間ではないことが、はたから見てもすぐわかる。

十二、その話の内容に、重要なものは何一つないと思う。

十三、テレビのニュースを見た回数は、生まれてから十回以内であろう。

十四、ましてや新聞を読んだ回数は、五回以内に決まっている。

十五、したがってもはや、新聞のどっちが上か下かもわからなくなっている。

十六、それほどバカな日本の街頭女ではあるが、日本の男はもっとバカである。

そして最終的な結論。

十七、こんな国など、簡単にひねりつぶせると思う。

十月二十九日（リストラ大魔王）

旧かみかぜ銀行から引き継いだ、無能で、しかも高給取りな日本人行員ども。

ついに彼らへ、鉄鎚《てっつい》の下される時がきた。

もっとも鉄鎚とはいえ、乗っ取りの時点で、既に交わしてしまった再雇用契約というものがある。その契約更新を待たずしてクビにしようというのだから、よくよく巧妙にやらないと、従業員から訴えられかねない。

そこで採ったのが、一方的なノルマの引き上げだ。

今回一律、役職などの肩書きを取り上げ、営業をはじめとする部署へ大異動させる。その上でノルマも、一挙にこれまでの三倍へと引き上げてしまう。

それ自体は、別に違法行為ではないので、どうしようがこっちの勝手。と同時に、従業員がそのことに嫌気をさし、自主的に辞めると言いだすのも、これまた向こうの勝手だ。

ちなみにノルマというと、なんだか日本特有のもののように思う人がいるけれど、外資系企業にもちゃんとある。ただもう少し、それぞれ就いてる職務内容や部署によって、具体的な言い方をされるだけだ。

例えば債券トレーディング部門だったら、「今期の期待債券売買益いくらいくら」、りスクコントロール部門だったら、「今期の期待リスク回避額いくら、期待潜在リスク低下率何パーセント」というように。

同時にそれが、すべての年俸額の算出根拠となる。

端的に言えば、年単位契約の歩合制のようなもので、期待値より実績値が二倍上回れば、来年の年俸契約額は二倍になり、反対に二分の一なら、来年の年俸契約額は二分の一に減らされる。

さらに年俸額が減るにとどまらず、常に実績値が下位の者から順にクビを切る。そして新たに、外部からの採用・補充を図っていく。

つまり従業員のリーグ入れ替えを行うことによって、ダメ社員が長く社内に居着くのを防ぎ、競争力を維持していくわけだ。

ということは、企業同士の競争というよりも、従業員同士、個人間の競争といった方が近い。

能力のあるものは、その実績を引っさげてメジャーリーグ（高収入高ポストを提示してくれるエクセレントカンパニー）へ移ればいいんだし、能力も実績もそれほどでない者は、マイナーリーグ（そこそこの収入でそこそこのポスト）にとどまるしかない。さらにもっと能力も実績もない者は、マイナーリーグからも転落し、後は趣味で草野球を続けるか、商売替えを考えなくてはいけなくなる……。

要するに外資流のノルマは、日本企業のように、単なる「努力目標数字」などではない。従業員個人個人が、その会社にとどまれるか否かの分かれ目、生きるか死ぬかの分岐数字なのだ。

今回、我々はこのノルマを、一方的に引き上げようと考えた。

そして割増退職金などの余計なコストをかけることなく、いわば生き残りのハードルを高くする形で、ダメ社員を依願退職に追い込む、というのが今回のリストラ作戦だった。

その作戦の総指揮を執るのが、副社長である私、マービン・バトラー。もはや後がない。なにしろ新たな人材を、既に続々と採ってしまっているのだから。

そもそも日本人は、リストラの意味を誤解してるのかもしれない。

リストラとは、リストラクチュアリングの略。つまり再構築だ。

無能で要らない人間を辞めさせ、有能で必要な人間を新たに採り入れる。そういった人の入れ替えを図ることで、環境の変化に対応した、競争力ある組織に変えていく……。

なのに、なにかというと日本人は、辞めさせられることに対してブーブー言う。可哀《かわい》そうだ可哀そうだと、感情的になる。

だったら自分が、有能で会社から必要とされる人間に変わればいいではないか。無能で要らない人間だから辞めさせられるんであって、有能で必要な人間なら、給料を数倍出しても欲しいと思う。

現に我々ホライズン・ステート・バンク・ジャパンは、私が日本に来てから、新たな人材を八十人も採用している。しかもそのうちの半数近くは、年俸二十万ドル（約二千四百万円）を超える条件でだ。

要は泣き言をいう前に、個人個人の努力で、自分がそっち側へ回ればいいだけの話。落ちこぼれに合わせてたら、企業なんかすぐにつぶれてしまう。

つまりはそれが、資本主義、自由競争社会というものだろう。

企業同士も戦っていれば、個人同士も戦っている。そこには勝つ者と負ける者が生まれて当たり前。どうしてもその競争が嫌なら、共産主義の国へ行くしかない。

もっとも現実は厳しくて、勝つ者の数は限られている。

今回の退職者目標数も、八十人の新規採用に対し、二千二百人にのぼる。ということは、泣く人間の方がそうとう多いには違いないんだが……。

そんな中、本日辞令の交付が行われた。今回の異動対象は、本部行員が中心だ。

なぜ本部行員かというと、もともと本部は間接部門的な役割のため、一人一人に明確なノルマが与えにくい。こちらとしては、そのノルマを引き上げて辞めさせる方向へもっていこう、という魂胆なのに、肝心のノルマがはっきりしないことには、いまいち迫力に欠ける。

そこで今回の異動では、本部行員の約半数を営業の現場へ移すことにした。営業ならば、いやがおうにもノルマだってはっきりするからだ。

その上で、与えられた数字をこなせない者は、毎日ギチギチ絞り上げる。そしてノイローゼ一歩手前のところまで追い込み、最後は自ら辞表提出。

「わたくしこの度、一身上の都合により……」

「あっそう。それじゃご苦労さん。元気でね」

というわけだ。

異動対象者の中には、ニノミヤも含まれていた。来日した私を空港で出迎えたり、引っ越しの時ホテルまで手伝いに駆けつけた、例のオベンチャラ野郎だ。

彼の異動先は、日本橋支店の特別営業課。そこでマーケットリサーチのため提携している生保代理店へ、保険契約の取次をさせようという寸法だ。

異動命令は通常、我々外資系の場合、日本企業のように紙切れなど渡さない。直属のボスから口頭で申し渡す。

しかし今回に限り、私はあえて日本流の「辞令交付セレモニー」を行うことにした。社内弁護士から、それを省くと従業員の要らぬ反発を招きかねない、とアドバイスされたためだ。

ま、私の立場からすれば、反発が起きようとどうしようと、しょせん辞めさせる人間なのだからかまわない、と思ったのだが、なにせここは日本だ。専門家の意見に従った方が無難だろう。

辞令交付セレモニーが執り行われた会場は、本店十一階にある大講堂。総指揮官である私も出席した。

交付に先立ち、スピーチのため壇上に上がった私は、おもむろにマイクへ向かった。

「やあ、みなさん。本日お集まりいただいたのは、他でもありません。みなさんにチャンスを差し上げるためです。今さら私が申すまでもなく、現在我々の銀行は、大幅な人員過剰の状態にあります。まだだからこそ、旧かみかぜ銀行は経営が破綻《はたん》したわけです」

たったここまで言っただけなのに、早くも壇下の異動対象者たちは動揺を見せ始めた。ある者は隣の者をのぞき込み、またある者は口をゆがめ、今にも泣き出しそうな顔をしている。

私はわざとそれを無視し、胸を張って先を続けた。

「旧かみかぜ銀行のみなさんを、我々ホライズン・ステート・バンク・ジャパンが再雇用したのは約十か月前。契約期間は、あと一年強ほど残っています。我々経営陣としては、当然その時点で大幅な合理化を行い、適正人員にまで引き下げる必要があるわけですが、そこに不公平があってはならないと考えます。つまり、公平な条件の下、真に実力のある者のみが契約更改できるようにしたい。今回の異動は、そのためのチャンスを差し上げるのが目的です」

私の言葉の、半分はホンネだったが、半分は偽りだった。

なぜなら、異動先で成績を上げようが上げまいが、そのほとんどはもう、契約更改時にはクビにすることが決まっていたからだ。

問題は、その時期を一年強後でなく、もっと早くにできないか……、というだけのこと。

ある意味では騙《だま》しだった。

「我々は今後、みなさんの上げられた成果、実績数字のみを、唯一の判断材料とします。それによって、近い将来の処遇が決定されるわけです」

スピーチの途中、私の視界の隅にニノミヤの顔が映った。その周りを、いつもの「取り巻き連中」が固めている。

ニノミヤは、人柄といった点で悪い人間ではないかもしれないが、こと従業員という意味では、悪い人間だった。

給料に見合った利益貢献をしない者。それは紛れもなく、会社にとって「悪い人間」なのだ。

七〜八分ほど続いたスピーチを、私はこんな言葉で締めくくった。

「それではどうかみなさんが、一年半後にも、共に我がホライズン・ステートの仲間でいられますように。ご健闘をお祈りします。サンキュー」

もしかすると、なにもそこまではっきり言わなくてもよかったかもしれない。人事や所属長を通じ、それとなく危機意識をあおることもできただろうし、私自身、わざわざ憎まれ役にならずに済むこともできた。

だけど私は、これまでの経験から、日本人のズルさを知っていたんだ。

この国の人間は、はっきり言わないことを好む一方で、それを逃げの口実にする。たしかに、言わなくてもみんなわかっている。お互い「あうんの呼吸」とでも言うんだろう。

しかしいざ、目論見どおりに事が運ばず、誰かが責任追及されそうになると、とたんに「知りません」「聞いてませんでした」とくる。そしてごまかし笑いを浮かべ、逃げてしまう。

壇上から降りる時、私はチラッとニノミヤの方へ目をやった。

すると彼は、隣の取り巻き連中の一人の耳元に口を近づけ、なにやらささやいているところだった。

私のスピーチの後は、人事部長のスピーチがあった。

それから引き続き始まった辞令交付のセレモニーを、私は退屈な顔で二時間近くも眺めていた。

十一月五日（恥ずかしい噂）

　このところ、どうも社員の私を見る目がおかしい。特に女性社員たちに、それを感じる。秘書だまりの前を通れば、私に聞こえぬようにヒソヒソヒソヒソヒソ。その視線を感じ、私が振り向けば、急に目を落としうつ向いてしまう。

　この前の会議の時もそうだった。コーヒーを配りにきた女性が、私の顔を見るなりプッと吹き出し、カップ一式を床に落とした。しかもそれをごまかすかのように咳払《せきばら》いし、逃げるがごとく去っていった。たまたま隣にエディがいたので、てっきり私は、彼女が奴のことを笑ったのかと思った。太っちょのエディは、よくズボンのお尻《しり》や、スーツの背中が破けてたりすることがあるからだ。

　ところが、そういうわけでもなかった。その時のエディは、ズボンも背広もバシッとしていた。

　遠目からヒソヒソやられる度に、私はトイレへ駆け込んだ。そして髪の毛が立っていないかとか、襟元にキスマークがついてないかとか、鏡の中の自分を入念にチェック。しかしいつだって、おかしなところなど特になかった。

あと考えられることといったら、先日の人事異動ぐらいなものだろう。ちょっぴりきついスピーチもかましたことだし、もしかしたら想像以上に、冷酷非情な悪党と思われているのかもしれなかった。アメリカから乗り込んできた「死刑執行人」、「地獄の使者」みたいに……。

とはいえ、ヘンな目で見るのが女性ばかり、というのは、いったいどうしたことか？　そもそもこの前の人事異動は、男性社員が中心だった。恨みを持たれるとしたら、むしろ彼らからのはずだ。

気になった私は、直接何人かに尋ねてみた。

例えば顔見知りの秘書や、いつも書類を届けてくれる女性社員。彼女らをつかまえては、極力さりげなく、

「私のやり方って、日本人からみて、どこかおかしいのかなあ？」

するとみんな、口を揃《そろ》えるかのように、

「いいえ、どこもおかしくありません！」

「でもなーんか、いつもみんなから、陰でささやかれてるような気がするんだよねえ……」

「と、とんでもない、気のせいですよ！」

一様にそんな調子で、必要以上に力を込め、否定する。

理由のわからない私は、オフィスにタケウチ女史を呼んで、再度聞いてみることにした。彼女には以前一度、やはり尋ねてみたことがあったんだが、その時は口を濁し、あいまいな返事だった。だけど明らかに、何かを隠していそうな気配があった。

「ミズ・タケウチ。ちょっと来てくれないか」

インターコムで彼女を呼ぶと、すぐにオフィスのドアがノックされた。

「失礼します」

デスクの前に突っ立っている彼女に、傍らのソファを勧める。

「いいからまあ、かけたまえ」

「サンキュー、ボス」

タケウチ女史の横には、いつものようにシステム手帳。それを開こうとする手を制し、私は彼女の目を見た。

「ところでミズ・タケウチ。君のボスは誰だったかな」

「もちろんバトラーさん、あなたです。そんなの決まってるじゃないですか」

「ということは、君は私に、忠誠を誓う必要があるわけだ」

「ええ、これまでもそうしてきたつもりですが」

タケウチ女史は、私がいったい何を言わんとしてるのか、測りかねている様子だった。軽く眉間《みけん》にシワを寄せ、次の言葉を待っている。

私はいったん咳払いをしてから、おもむろに口を開いた。

「それでは正直に答えてくれ。これは以前にも質問したことだが、最近社内で、私を見る目がどうもおかしい。いったいなぜだ？」

「………………」

タケウチ女史は、米国仕込みの彼女にしては珍しく、下を向いた。

これはもしかすると、そうとうな理由があるのかもしれない。例えば、日本人社員によるクーデターの計画とか……。

「もう一度聞く。君のボスは誰だね？」

「ミスター・バトラーです」

「だったら正直に話してくれなくては困るな。なぜみんなが、私を遠巻きに、ヒソヒソささやいているのかを」

タケウチ女史は、そうとう思い悩んでいるらしかった。

その彼女は二十秒後、踏ん切りがついたように顔を上げた。

「ほんとうにお話しして、よろしいんでしょうか？」

「話してくれたまえ」

「仮にボスが、ご不快になられるようなことでも？」

「ああ、かまわない。そのためにミズ・タケウチ、君を呼んだんだ」

彼女は私の顔色をうかがうように、再度確認した。

「これは、わたくしが言っていることではありませんからね。みんなが勝手に言っていることです。そこらへんをご理解していただけないと」

「ああ、わかってる」

「じゃあほんとうに話しますよ？」

「さっきからそうしろと言ってるだろう。なんなんだい、さあほら、早く！」

私の語気に押されたんだろう。意を決したように、タケウチ女史が口を割った。

「ゲイだって……」

「ん？」

「ですからボスが、ゲイだという噂《うわさ》が……」

そう言うとタケウチ女史は、再びうつむいた。

私はなおも、彼女が何を言ってるんだかわからなかった。

「ああー？　私がゲイ？」

「ええ、だってみんなそう……」

「みんなって誰？」

「ですから女性社員の間では、もう当然のように語られていて……」

根も葉もない噂とは、まさにこのことだ。私にはヨーコという恋人までいながら、なぜ

そんなことに⁉

「どうしてだい。どうして私が、ゲイだなんて言われなきゃいけないんだ」

「だって、お相手がいらっしゃるって」

「ん？　なんだそれは⁉」

「…………」

再々度下を向いたタケウチ女史に、私は極力トーンをやわらげて尋ねた。

「お相手って誰？」

彼女の小さな声が返ってきた。

「マーケット統括役員の……」

「なんだって⁉」

マーケット統括役員といえば、あの男しかいない。

「エディ・パウエル？」

「違います？」

気がつくと、タケウチ女史までもが、私とエディがデキているものと、堅く信じきっている様子だった。

「そんなことあるわけないじゃないか！　よりによって、あんな豚みたいな太っちょと‼」

「だけど、もう何人も見た人がいるって」

「何を見たのさ」

「二人仲よく食事をしたり、お酒を飲んでるところを」

「!!……」

「それに役員専用食堂でも、三日に一度は二人申し合わせたように、肩寄せ合って昼食を摂ってるって」

「いや、それは……」

「この前の、プレジデントのお葬式の時もそうだったじゃないですか。マーケット統括と二人、目配せしながら会場をそそくさと抜け出して」

タケウチ女史の私を見る目は、既に異性を見る目ではなくなっていた。そこにはある種の、連帯意識のようなものが芽生えていた。

彼女は一度ニコッとほほ笑んでから、自ら納得するようにうなずいた。

「いいんですよ、ボス。気になさらないで下さい。わたくしはボスの仕事ぶりを、常日頃から尊敬しています。それに、あくまでそれはそれ、これはこれの問題じゃないですか。なにがあろうとわたくしは、今後ともボスのあとについてゆきますから」

タケウチ女史はそう言うと、思い入れたっぷりにウィンクし、私のオフィスを後にしていった。

chapter 15　怪文書

十一月九日（タレコミ）

来月、アメリカのホールディング・カンパニーに、投下資本効率の数値予測を提出しなければいけないことになっていた。

ホライズン・ステートの持ち株会社は、デクセル・ボーン・アメリカといって、本国では五番目の金融グループにあたる。本社はコネチカット州ハートフォードにあった。とはいえ、消費者金融や保険、リースといった分野では、GEキャピタルをはじめとする非銀行系グループにそうとう出遅れていて、アジアでの展開もまだこれから、という段階だった。

我々のような、進出したばかりの現地法人というのは、ホールディング・カンパニーにことのほか気を遣う。なぜなら、当初計画通りの実績があがらないと、簡単に事業撤収の判断を下されてしまうからだ。

今日、事前打ち合わせと進捗《しんちょく》度合い確認のため、日本現法の主要メンバーによるパワーランチが持たれた。

メニューはいつもの、ホテルまかせの簡単なコースなので、あまりたいしたものは出ない。

会議兼食事が終ったところで、社長のコバヤシ氏が声をかけてきた。

「ミスター・バトラー。後でちょっと、私のオフィスに寄ってくれないか。時間はとらせないから」

「では、社に戻ったらすぐ」

私は首をかしげた。もしかしたらみんなの前では言えない、よほど重要なことなのかもしれない……。

三十分後、私は怪訝《けげん》な顔で社長室のドアをたたいた。

部屋に入るなり、コバヤシ氏が見せたのは、フェデラル・エクスプレスの封筒だった。

「ミスター・バトラー、これなんだが」

「はい？」

「さっき本社から送られてきた。まあ見てくれたまえ」

コバヤシ氏から渡された封筒をのぞき込む。すると中には、ペラ一枚の手紙と、数枚の写真のようなものが入っていた。

（はて、なんだろう……）

取り出した私は、思わず仰天した。なんとその写真にうつっているのは、私自身ではないか。

いや、私だけでなく、どの写真も隣にはヨーコの姿があった。

一枚は、白金台の家のガレージ。私のクルマから、買い物袋を抱えて降りるところだった。

もう一枚は、同じく私の家の玄関から、二人仲よく出てくるところ。写真右隅の撮影時刻によると、朝の七時四十八分となっている。

そして三枚目は、中目黒にあるヨーコのマンション前でのキスシーン。暗いので顔はわかりづらかったが、背格好からみて、それが私たち二人であることに間違いなかった。

言葉を失っていると、ポーカーフェースのままコバヤシ氏がうながした。

「手紙の方も読んでみたらどうかね」

あわてて添えられているB5の用紙を開く。とそこには、英文のワープロで、次のような文面が打たれていた。

「ホライズン・ステート・バンク会長、モーリス・ダントン殿。

前略、事実のみをここにご報告申し上げます。貴社の日本現法、ホライズン・ステート・バンク・ジャパンのCFO、マービン・バトラー氏は現在、妻子ある身でありながら、日本女性とただならぬ関係にあります。これは、氏の社内での立場や責任、および対外的な影響度から勘案し、非常に由々しきことであると思われます。つきましては、親会社の代表者である貴殿からの、厳正な処分を望む次第です」

差し出し人名はなかった。悪意を持ったミステリアス・ドキュメント（怪文書）だった。

目を通し終えた私に、あいかわらず穏やかな口調でコバヤシ氏が尋ねた。

「ということなんだが、心当たりは？」

写真まで添えられ、もはや私も認めざるを得なかった。目の前が真っ白になりながらした返事は、ほとんどうめき声に近い。

「なくはありません……」

「では、事実と考えていいんだな」

さらに迫ってくるコバヤシ氏。表情一つ変えないところが、むしろ底知れない不気味さを感じさせる。

思えば、日本の使えない行員を大量解雇しようと、その先頭に立ってきた私だったが、いったいこれはどうしたことだろう。一夜明けたとたん、一転こちらが失業の危機にさらされるなんて……。

私は、せめて言質《げんち》だけはとられまいとする、窮地に立たされた被告人のような心情で、慎重に言葉を選んだ。

「その写真にうつっているのが、自分であるという点に関しましては、残念ながら事実であるやのように思われます」

私の苦しい弁明にコバヤシ氏が、いったん皮肉な笑みを浮かべてからつぶやいた。

「しょうがないな……」

顔から血の気の引いていくのが、自分でもわかる。

「やはり今のポストを、失うことになるんでしょうか？」

弱気に支配された私は、思わずそう聞かずにはいられなかった。

「いや、そこまではないと思うが……」

「しかし会長まで行ってしまったわけですよね」

「人事の段階で開封され、君のボスである私に差し戻されてきたんだろう。もっともこんなものが送られて、向こうも心証がいいわけないがな」

コバヤシ氏の指摘も、もっともだった。

うつむいている私の顔を、背は低くとも威厳のあるボスがのぞき込んだ。

「ところで、これを送りつけた人間なんだが、思い当たるフシはあるのかね？」

「…………」

「黙ってるところをみると、どうやらあるようだな。いったい誰だ」

私の頭の中には、ある人物の顔が浮かんでいた。思い返せば以前、あの男とは中目黒の寿司屋でミアミスしたことがある。

具体名は出さず、私はこう言った。

「おそらく先日、本部から営業に異動させた社員のうちの一人かと思われます」

「まあそうだろうな。あの異動を恨みに思った奴《やつ》がやったに違いない」

コバヤシ氏は、ポケットからハンカチを取り出し、メガネを拭《ふ》きながら続けた。

「その理由が通せる限りにおいて、私はこの件を、手元にとどめておこうと思う」

「と申されますと……」

「今回のやや強引ともいえる人員削減は、米国本社の方針でもある。それにより多少の摩擦が生じることぐらい、向こうだって百も承知だろう。本社人事には、私の方からうまく言っておく」

「ありがとうございます。心から感謝いたします」

私が頭を下げると、一転してコバヤシ氏は厳しい表情に変わり、釘《くぎ》を刺した。

「ただしミスター・バトラー、その先は保証しないからな。今回の件がさらにこじれたり、君にとって新たに不利な事実が出てきたような場合、私もかばいきれない」

静かだが、凄《すご》みのある声だった。

「それともうひとつ。リストラの手は緩めるんじゃないぞ。この失態をリカバリーする意味でも、与えられた任務を百パーセント遂行するように。その義務が君にはある……」

社長室を後にした私は、廊下を歩きながら考えていた。

写真を送りつけた主は、ヨーコが誰であるかを知っているのだろうか？　その程度のことは興信所を使うなどすれば、簡単に調べられるはずだ。

だとしたら、これはやっかいなことになる。なにしろヨーコは、我々の銀行のPRをまかされているIR会社の社員なんだ。しかも直接の担当者。

取引開始の際も、プレゼンで一度落とされたものが、後から逆転採用となった経緯がある。その過程で、私が職権乱用したなどと、妙な言いがかりをつけられないとも限らない……。

私の心に、大きな暗雲が立ち込めた。正直言って、とても不安だった。

トボトボとエレベーターの前までたどり着き、下りのボタンを押す。そして溜《た》め息《いき》をつきながら待っていた時のことだ。

私はふと、背後に人の視線を感じた。

振り向くと、それまでうかがっていた目を、サッとそらせる人物がいた。

（ん？　見たような顔だけど、誰だったか……）

その場では思い出せなかったものの、自分のオフィスへ戻ったところで、ハタと気づいた。

（わかったぞ！　あの男、ニノミヤの取り巻きだったうちの一人じゃないか!!）
間違いなかった。この前の異動で、ほとんど一掃したはずのニノミヤ一派だったが、普段目立たなかったためか、その人選に漏れた数少ない残党だったのだ。

十一月十三日（霊が私を呼んでいる!?）

ジョアンが日本を去ってから、そろそろ三週間が経《た》つ。あれ以降、彼女からの電話は一度もない。

一時は逃げたくなるほど頻繁にかかってきたのが、いざまったくなくなると、人間の心理というのはこれまたおかしなものだ。妙に心配になったりする。

そこでさっき、ウェストチェスターの家に電話をしてみた。

子供たちは、あいかわらず元気そうなので安心した。娘のクリスは、なんとかいう日本製のテレビゲームを制覇できたと、得意げに自慢していたし、息子のデイビッドも、持病の脱腸が治って今は元気。ローラーブレードに夢中だという。

変化した点をあげるとすれば、やはり妻のジョアンだろう。

ついこの前まで、あんなに情緒的な起伏の激しかったのが、なんだか妙に落ち着いていた。やっぱり心を穏やかにするヒーリングの効果だろうか。

しかもそうとう、精神世界に傾倒しているようだった。

なにしろ彼女、私の声を聞くなり、こうだものな。

「ああ、マービン。今あなたからかかってくるのはわかってたわ」

前置きもなしにいきなりだから、こちらも面食らってしまった。

「ええ？　なにが？」

「決まってるじゃない。あなたからの電話よ」

つまり、私から電話が入るのを事前に察知していた、というんだ。

「どうしてそんなことがわかったんだい？」

驚いて尋ねると、ジョアンの当然のような口振りが返ってきた。

「だってシンクロニスティックしてたから」

「なんだって？」

「知らないの？　ユングの用いた概念よ」

「ユングって、心理学者のかい？」

「他に誰がいるっていうの。彼が初めて使った言葉に、シンクロニスティックというのがあるのよ。例えば今みたいに、あなたが電話してこようと思ったとする。するとその考えが、意識の方向性が合致することによって、かけようと思っていた相手にもわかるわけ」

「場所が離れてるのに？」

「空間や物理的な距離は関係ないわ。意識の世界の問題だから」

現実主義者の私には、さっぱり言ってる意味がわからなかった。

「ただの偶然じゃないのかい？」

ホンネをもらすと、ジョアンはそっけなく、

「だったらそう思ってれば。無理に信じてもらおうとは思わないから」

どうも話が噛《か》み合わなかった。

事を荒立てたくない私は、無難な話題に移したかった。

「ところでジョアン、そっちの気候はどうだい。もうそろそろコートが必要になってくるころだろう」

「そうね。精霊たちもみんな、冬ごもりの準備に追われてるわ」

「なに？」

「だから精霊よ。花や木や鳥や、いろんなものの」

またもやジョアンは、わけのわからないことをのたまった。

「動物の霊のことかい？」

「動物だけじゃないわ。石や森や川や山や、この世のさまざまなものの周りには精霊たちがいるの」

「じゃあ君には、その精霊とやらが見えるのか？」

「ええ、見えるわ」

ジョアンの言い方は自信に満ちていた。私をからかってるようにも聞こえなかった。

「だったらジョアン、その精霊とやらの形を、ちゃんと説明してみてくれよ」

「あのねえマービン、そもそもそういうことを言うこと自体、あなたにはわかってないのよ」

「なにがわかってないんだい？」

こちらの問いには答えようとせず、彼女はさらに聞き慣れない言葉を口にした。

「私《わたし》に見えてるのは、たぶんガーデアン・エンジェルだと思うわ」

「おいおい、またなんだよ、そのガーデアンなんとかっていうのは。エクソシストみたいなものか？」

私を無視し、ジョアンが続ける。

「ガーデアン・エンジェルは、あらゆるものに存在するの。生物だけに限らず、この世のすべてのものにね。そして彼らの声は、とても正直なの。物欲に囚《とら》われない、純真無垢《むく》な魂の声とも言えるわ」

「じゃあ君は、エンジェルの見えない私が、物欲に囚われた精神の不純な者とでも言いたいのかい？」

私の皮肉を、妻はまるで聞いていなかった。

「ガーデアン・エンジェルたちと交信するには、まず自分の周波数を相手側に合わせなきゃダメ。例えばここに一つの石があったとするでしょ。そしたらその石の気持ちになって、自分自身の意識を同化させていく」

「同化ねえ……」

「チャネリングとも言うわ。するとだんだん相手の言うことが聞こえてくるのよ」

「それって訓練すれば、誰にでもできることなのかい？」

「ある程度まではね。でも、シオンスビッキ先生も言ってたわ。人間にはそれぞれ、持って生まれた固有の才能がある。その才能のない人がいくら努力しても、やっぱり限界があるって」

「つまり君には、もともとその才能があったわけ？」

「まあそういうことでしょうね。シオンスビッキ先生も言ってくれたの。ジョアン、君が潜在的に持っている霊的なパワーは、十万人に一人のものだって」

霊なんかどうでもいい。私にはその名前がひっかかった。

「ところでなんだい。さっきから君の言ってる、シオンピッピとかいう奴《やつ》は」

「シオンピピじゃないわ。シオンスビッキ先生よ。私が今入ってるサークルの主宰者」

「まさか下心のある奴じゃないだろうな？」

電話口からは、ジョアンのあきれるような溜め息が聞こえてきた。

「フーッ、あなたってほんとに俗物ね。彼は学者よ」

「学者ったっていろいろだろう。爆弾を作って送りつけた、ユナボマーみたいな奴もいるし」

「大丈夫。そんな人じゃないってば」

「だったらいいけど……」

私の心配をよそに、妻は自ら話題を変えた。

「ところでマービン、そっちはどう。英語を完璧《かんぺき》に話せる内科医と矯正歯科医は見つかった？」

「いや、それがなかなかいなくて」

「クリスとデイビッドが通う学校は？」

「うーん、それもまだ……」

「じゃあ、みんなでそっちへ行くのは、当分無理ね」

「そのうち見つかるとは思うんだけど、ごめん」

「なにも謝らなくったっていいのよ。あなたはあなたで、一生懸命やってくれているんだから」

少し前までは、あんなに「まだか、まだか」とうるさかったジョアンなのに、今日はいったいどうしたことだろう。

急に物分かりのよくなった妻に、若干戸惑いを覚えながらも、私は一方でほっとしていた。

ひょんなことから始まった、ヨーコとの夢のような生活。家族が日本へ来ることで、それを壊されたくなかった。

「ジョアン、愛してるよ」

私はとりあえず、そう言って受話器を置いた。

十一月十七日（不祥事発覚）

今日は朝から絶不調。昨夜飲み過ぎた酒が残り、あまり仕事をする気になれない。肉体的にも精神的にも、このところ完全にペースを崩してしまった。

そんな中、デスクに足を投げ出していると、秘書のタケウチ女史からインターコムが入った。

「ボス、緊急の用件で、総務の近藤部長がお話ししたいとのことですが」

「緊急の用件ってなんだ？」

「それが直接でないと、どうしてもお話しできないと言われるんです……」

近藤部長というのは、私の借家探しの時世話になったヤマザキ課長の上司にあたる。年は五十半ば、白髪交じりのベテラン行員だ。

英語はそうとうあやふやで、こっちの言ってることをわかってもいないのに、すぐ「イエス」と答える悪いクセがある。

あまり乗り気ではなかったが、私はタケウチ女史に伝えた。

「しょうがないな。だったら通してくれ」

「オーライ、ボス」

そろそろ自分の英語力を自覚しだしたんだろう。私の部屋に現れた近藤部長は、英語の話せる部下を伴っていた。

「なんだ、急用って。こっちは忙しいのに」

不機嫌な顔で尋ねると、通訳を介してのまどろっこしい会話が始まった。

「ミスター・バトラー、実は困った事態が発生したのです。管財部門の者が、外部の業者からリベートをもらっていたらしくて」

「ということは、行員の不正事件か？」

「ええ、まあ……」

よりによって、ロクな話ではなさそうだ。

「だったら人事部長と相談すればいいだろう。処分権限は彼にもあるはずだ」

「と申されましてもですねえ、総会対策やマスコミ対策等、広報関係は私ども総務の管轄でして……」

「それがどうした」

「ですから、対外的な面等を含めて考えました場合、一概に杓子《しゃくし》定規的な処分というのも、やはり馴染《なじ》まないかと存じまして……」

言ってる主旨がどうもわからない。

いらだちを覚え始めた私は、やや口調が荒くなった。

「だからなんなんだ。君には言語能力がないのか⁉」

「いえ、ですから……」

「うまく説明できないんだったら、要点をまとめてから出直してこい！」

十五歳も年上の部長をしかりつけると、旧人類型日本人の言うことも、多少わかりやすくなった。

「当行はホライズン・ステートに吸収される直前、リストラの一環として三鷹《みたか》のグラウンドを処分しました。売却先はY地所といって、取引先のマンション業者です」

「それで？」

「売却にあたっての実務を担当しましたのが、管財部の京極という男でして、その者が相手の業者から……」

「リベートをもらっていた、というわけだな」

「はい、破格に安い条件で売却する代わりに」

腐れ銀行は、どうやら行員一人一人まで腐っていたらしい。

「いくらもらっていたんだ？」

「関係者の話によると、二千万円ほどとか」

「とんでもない男だな。しかしなぜそんなことを、わざわざ私に言いにきた？　ただ警察へ突き出せばいいだけの話じゃないか」

私が顔をしかめると、近藤部長は再び歯切れが悪くなった。

「いえやはり、それはマズいでしょう。ここは穏便に、軽い行内処分のみにとどめておくべきかと」

「軽い行内処分だと？」

「ええ。例えば警告とか、譴責《けんせき》とか」

「クビにもしないのか？」

「はい。なるたけ他の行員と交わらない、ＡＴＭコーナー監視業務の子会社あたりにでも、出向させるなどしてですね……」

近藤部長の言うことが、私にはまったく理解できなかった。

「なぜ!?」

怪訝《けげん》な表情の私へ、逆にベテラン部長は、「そんなこともわからないのか？」といった目を向けた。

「ミスター・バトラー、彼を辞めさせるなど、最悪の判断です。なぜならまず、犯罪の事実がマスコミに知られてしまいます」

「いいじゃないか、別に知られたって」

「良くないでしょう。あいつらときたら、こと銀行の不祥事となると、まるで鬼の首をとったように騒ぎ立てるんです。週刊誌にしてもテレビにしても、連日ワーワー大喜びで」

「まあ、ある意味それが、彼らの仕事だからな……」

納得するには程遠い顔の私を前に、近藤部長が説得を続けた。

「それにです。総会屋に嗅《か》ぎ付けられたらどうします。突っ込まれて、株主総会を乗り切れないではありませんか。事前に手打ち工作をするにしても、いったいいくらかかるとお思いです？　数千万か、それ以上か……。だったらここは、行内限りで穏便に事を処理した方が、よっぽど安上がりでしょう。お互い身内から、傷つく者も出ませんし」

ようやく私にも、このベテラン日本人部長の言わんとする意味が見えてきた。

「なるほど、さすがはミスター・コンドー。スバラシイ！」

「いえいえ、それほどでも」

「同時多面的に物事を判断できる明晰《めいせき》な頭脳、グレイト、いやそれを通り越し、もはやマーベラスだ！」

「かたじけありません」

次に言おうとしている私の言葉も知らず、単純なこの男は、早くも謙遜《けんそん》しつつ得意気な笑みを浮かべている。

「ところでミスター・コンドー」

「はい、なんでしょう？」

「私の転職先は、もちろん考えてくれているんだろうね」

「は？」

きょとんとした近藤の顔に、私は質問をぶつけた。

「株主総会で、もしこう追及されたらどうする。社内犯罪の事実を故意に隠蔽《いんぺい》し、また当の社員へも、会社にもたらした損害の賠償請求を怠った」

「はあ……」

「それを厳しく管理するのが、経営者の責務なはず。なのに、必要な手をなんら打たなかったため、会社は多大な損害を被り、同時に会社の所有者たる株主も、損害を被った。よって株主は、経営者の責任を追及し、その経営者個人の資産からの賠償を請求する」

「いや、そんな……」

「たしか日本にも、株主代表訴訟というのがあるのではなかったかね？」

「え、それは……」

既にシドロモドロの近藤に尋ねた。

「すると、副社長の私はどうなる？」

「あ、まあ……」

「当然クビだろう」

「え、あ……」

「そしてミスター・コンドー」

「は、はい……」

「その前に、おまえがクビだ！」

十一月二十二日（嫌がらせ）

ジョアンが来日する時、「もうこの家へは二度と来ない」と、泣きながら言ったヨーコ。

しかし、いざジョアンが帰ってしまった後は、すぐまた元の状態に戻っていた。二日とあけず私の白金台の家へ出入りする、二人だけの愛の日々だ。

とはいえ、例のタレコミ写真の一件がある。あれ以降、私もヨーコも、そうとう気を遣うようになっていた。

まず、二人同時に行動することはいっさい止めた。家に出入りする時も、必ず別々の時間帯を選んだ。

特にヨーコは、深夜や早朝にしか移動せず、おまけにカツラやサングラスをはじめ、変装用具の類《たぐ》いが手放せなくなった。

そんな中、今日もヨーコは私の家にいた。

金曜の深夜にきて、今日が日曜日。その間、一歩も外へ出ないのだから、まさに立てこもり犯的な、禁断の愛欲生活といえる。

したがって食事は、ほとんどが出前だった。

たまに私が、近くの店へ買いに出ることもあったけど、たいていは寿司《すし》かピザ、あるいは中華。変わったところでは、ベトナム料理やインド料理のデリバリーで済ませていた。

ちなみに今日の昼食（というよりも、実質的には遅めの朝食）は、タコスのバラエティーセットだった。近くに新しいメキシコ料理屋ができ、そのチラシがジャパンタイムスに入っていたので、試しにとってみたものだ。

味の方はというと、なかなか悪くない。心配していた生地の冷めも、電子レンジでチンすればなんなくオーケーだったし、これは今後も使えそうだ。

食事を終えた私たちは、リビングでくつろいでいた。

ソファの上で、半分横になった私の髪を、膝枕《ひざまくら》状態のヨーコが優しくなでる。たまにリモコンで、見ているでもないケーブルテレビのチャンネルを、なんとはなしに変えてみる。

そんなアンニュイで幸せな、昼下がりのことだ。

――ピンポーン――

突然、玄関のチャイムが鳴った。

「ん、なんだ?」

頭を起こしかけた私を、けだるい声でヨーコがとめた。

「別にたいした用じゃないよ。ほっとけば?」

「ああ。どうせセールスマンかなにかだろう」

居留守を決め込んだ私たちだったが、しばらくするともう一回、

――ピンポーン――

「なんだよ、しつこいな」

「大丈夫、そのうちあきらめるでしょう」

私は手元のリモコンで、テレビの音量をあげた。

ところがその後も、

――ピンポン、ピンポーン――

依然としてチャイムの音は鳴り止まない。

それどころか、ドアをガンガン叩《たた》きながら、近所中に轟《とどろ》く大声で、

「バトラーさん、いらっしゃいますかあ?」

これには私も耐えられなかった。

インターホンのところまで行き、

「ハイ、ナンデスカ?」

すると、玄関先の見えない相手は、

「千早寿司です。お届けにあがりましたあ」

「ナニ?」

「お寿司です。出前にきたんですよ」

心当たりのない私は、怪訝《けげん》な顔でヨーコを見た。

「君、頼んだ?」

「ううん、知らない」

私はもう一度、インターホン越しに言った。

「ノー、うちじゃない」

「いいえ、こちらで間違いありません。バトラーさんのお宅へ届けるよう、ちゃんと言われてきましたから」

「ノー、チガウ」

はっきり否定する私を無視し、相手は一方的だった。

「お代は既にいただいてるんで、じゃあこの玄関先に置いときますね。ナマモノですから、すぐ中へ取り入れて下さい」

インターホンは、それきりプッリと切れてしまった。

「どういうことだろう？」

聞いてもヨーコは、首をかしげるのみだ。

いずれにせよ、そんなものを置きっ放しにされたのでは始末に悪い。私はとりあえず、見にいってくることにした。

長い廊下を抜け、その先の玄関ドアを内側から開けると、やはりほんとうだ。玄関ポーチのタイルの上に、二段重ねの寿司桶《おけ》が残されている。

私は一瞬考えた末、とりあえず家の中へ入れることにした。その上で、当の寿司屋に電話すればいいだろう。

二段重ねの桶は、なんら変わったところもなかった。上の段はラップがかけられ、中の握り寿司の並んでいるのが見える。たぶん下の段も同じだろう。

私はそれを取り上げると、ヨーコの待つリビングへ戻った。

「ほら、ほんとに置いてあったよ」

ソファの上の、昼過ぎだというのにまだパジャマ姿のままのヨーコは、

「出前を間違えるなんて、バカな寿司屋だね。でもこれ、けっこう高いみたい。ウニや赤貝、牡丹海老《ぼたんえび》まで入ってるもん」

そう言って、目の前のテーブルに置かれた寿司桶をのぞき込んだ。

私はというと、そのままキッチンに向かった。

千早寿司はけっこうネタがいいので、たまに出前を頼む寿司屋だった。距離は少々遠いものの、五千円以上注文すれば、中目黒からでも届けてくれる。

そんな千早寿司の電話番号の載った箸袋《はしぶくろ》が、たしか冷蔵庫のドアにマグネットで貼《は》り付けてあったはずだ……。

「えーと、どれだっけなあ」

私が体をかがめたその瞬間だ。突然リビングの方角から、ヨーコの悲鳴が沸き起こった。

「キャーッ、なにこれ！」

「どうかしたのかっ？」

驚いて駆けつけると、彼女が床の上にへたり込んでいる。

「ヨーコ、大丈夫かい!?」

「マービン、あれ……」

「ん？」

震えるヨーコの指が指し示す先には、さっきの寿司桶があった。

私がキッチンへ行っている間に少し動かしたらしく、重ねてあった上の段が、下の段に半分引っかかるような形になっていた。

「寿司がどうかした？」

「だから見て。あの中よ」

再びテーブルの上の寿司桶へ目をやった時、私にもヨーコの驚いた理由がわかった。寿司桶の下の段に入っていたのは、寿司ではなく、ゴミだったからだ。

ゴミは生ゴミはじめ、ちり紙や、髪の毛や、女性用パンストや、使い捨てカミソリや、おおよそ一般家庭から出る、日常のものだった。細切れのクレジットカード利用明細書なども混ざっている。しかしよく見ると、その明細は昨日、私が小さくちぎり捨てたものではないか。

つまりこれらのゴミは、まさしく今朝、私の家から出されたものだった！

床の上には、依然としてヨーコが座り込んでいた。私はそんな彼女の肩を抱き寄せると、異様な状態に汚された寿司桶をにらみつけた。

「許せない……」

しばらくして、震えの収まったヨーコが顔を上げた。

「いったい誰がこんなことを？」

「たぶんニノミヤの仕業だろう」

「ニノミヤって？」

「この前の異動で左遷してやった、デキの悪い日本人さ」

「だけどいくらなんでも、銀行員がこんなことする⁉」

信じたくない気持ちは、私も同様だった。

「だって他に考えられないもの」

「そんなにあなたのことを、恨みに思ってるの？」

私の脳裏にあったのは、二、三か月前の出来事だった。

「ほら以前、君といっしょに寿司を食いに行ったことがあるだろう」

「ええ。あたしのマンションの近くでしょう」

「あれも千早寿司だった。しかもあの時、奥の座敷にニノミヤがいたんだ」

間違いなかった。能力がない上に、姑息《こそく》で、狡猾《こうかつ》で、おまけにこんな卑怯《ひきょう》な手段まで使うなんて！

私はニノミヤという、それまで「かみかぜ銀行」内では優秀とされてきた日本人を軽蔑《けいべつ》した。そしてどんなことがあっても、彼を許す気にはなれなかった。

chapter 16 アメリカン魂

十一月二十六日（営業戦略）

このところずっと、仕事の方は忙しかった。どうも当初の計画自体が、日本の現状に即していなかったらしい。おかげで、問題点が続出していた。

我々のホライズン・ステート・バンクが日本進出するにあたり、まず考えたのは、ブヨブヨに太った「かみかぜ銀行」のリストラを徹底的に断行すれば、かなりの収益改善が図られるだろう、ということだった。

もちろんその分析自体、間違いではなかった。特に人件費は、大幅圧縮の余地があって、これからもどんどん推し進めなければいけない重点課題であることに変わりはない。

しかし、その他の経費率となると、事前の目論見とは若干異なる状況がわかってきた。ATM網の発達している日本では、もともと経費率がそれほど高くなかった。つまり、経費削減による収益改善効果が期待していたほど望めない、ということだ。

となると、後は別の方法で収益力をアップするしかない。

具体的な対応策としては、いくつかあった。

一般的によく言われているものでは、リテール（個人取引部門）の強化がある。企業取引より、比較的利鞘《りざや》の厚いリテール業務へ経営資源をシフトし、顧客層に応じたサービスの提供で、利益率を引き上げようというものだ。

もっとわかりやすく言えば、顧客差別ということに他ならない。

大口客には、高級なサービスと高金利預金を提供する代わりに、小口客には、低級なサービスと低金利預金で適当にあしらう。つまりカネ持ちには、行員が直接ていねいに相手してやるのに対し、貧乏人には、機械化コーナーの利用のみで、さっさと帰ってもらう、という戦略だ。

日本の都市銀行も、この方法でビッグバンを乗り切ろう、というところは多い。うまくいくかどうかは別として。

投資銀行業務に特化する、という方法もある。

デリバティヴ（金融派生商品）をはじめとする、いろいろな最先端の金融技術（中にはいかがわしいものも含め）を駆使し、預金・貸金以外の手数料ビジネスを展開しようというものだ。

例えばプロジェクトファイナンス、M&Aの斡旋《あっせん》、債権証券化による資金調達アドバイス、株式の引受、国際間資金決済サービスの提供……。どの分野も邦銀に比べ、我々外資系の方が圧倒的に強い。

日本でそれをやろうとしているところも数行あるが、まず無理だろう。単独での展開は早晩あきらめ、欧米勢との提携に方針転換せざるを得なくなるに決まっている。

その投資銀行業務に関して言えば、我々ホライズン・ステートでさえ、実力は、世界中を見渡した場合、必ずしも一流とは言えなかった。たぶん六番目か七番目だろう。

ということは、比較優位の原則からいって、賢明な選択であるわけがなかった。

私にはやはり、サラ金の分野しかないように思えた。

例えば武富士の収益は、東京三菱や住友あたりを大きく上回っている。世間のイメージはともかく、企業としての実力からしたら、武富士の方が東京三菱や住友より格段上、ということになるわけだ。

考えてみれば、それもしごく当然な理屈だろう。

なにしろ武富士の資金調達コストは、だいたい二パーセント台の半ば。一方、それを客に貸す際の金利は、三十パーセント近い。

つまりそこには、実に十倍もの利鞘《りざや》があるわけで、これではもうからない方がどうかしている。

私は、ホライズン・ステート・バンク・ジャパンも、この分野に参入してはどうか、と考えた。

例えば、現在のサラ金よりもう少し安く、十五パーセント前後の金利で、低所得者層への無担保融資を展開する。

反面、資金調達の方は、カネ持ちからの預金でまかなう。邦銀みたいに小口預金をチマチマ集めるのではなく、大口預金でどーんと集める。それも、かなりな高金利を提示して……。

要するに、カネ持ちのカネを庶民に貸し付ける、という構図だった。現状の、○・○何パーセントの定期預金で集めたカネを、三パーセントかそこらで貸し出すんではなくて、三パーセントで集めたカネを、十五パーセントで貸し出した方がもうかる、という理屈だ。

そもそも今後、日本もアメリカ同様に、貧富の差が拡大していくのは間違いない。中流階級が崩れ、カネ持ちと低所得者層に二極分化するのは、能力主義社会へ移行した場合の、当然の帰結だからだ。

となれば、両者間で資金バランスが崩れてくる。片一方のカネが余り、片一方のカネが足りないという、富の偏在的状況になる。

だとしたら、そこに新たな社会的ニーズが生じてくるわけで、双方の資金の橋渡しをしてやることこそが、てっとり早く、かつ確実に銀行がもうかる方法なのではないか……。

そう考えた私が、今日、社長のコバヤシ氏に提案すると、あっさり笑われてしまった。

「ミスター・バトラー、いい意見だとは思うが、実際には無理だな」

「なぜですか？」

理由を問う私に、コバヤシ氏が言い切った。

「そのノウハウがないからさ」

「ないとはどういうことです？　曲がりなりにも旧『かみかぜ銀行』は、預貸業務主体の市中銀行だったわけでしょう。でしたら無担保金融の一つや二つくらい、簡単にできるのでは？」

私が反論すると、コバヤシ氏は大きく溜《た》め息《いき》をついてから、こう説明した。

「悲しいかな、邦銀はこれまで長い間、小口の消費者金融をバカにしてきた。だから融資判断に関するノウハウの蓄積がない。ましてや債権回収のノウハウにいたっては、サラ金が大人だとしたら、銀行は小学生以下なんだよ」

「日本で十五位以内に入る銀行が？」

「ああ。それが現実さ」

納得いかない顔をしてる私を前に、コバヤシ氏が続けた。

「そりゃあどこの銀行も、頭ではわかってるさ。間接金融から直接金融への移行に伴い、これからはリテールしか生き残る道がないことぐらい。だけど、ホンネの方はあいかわらずだ。そもそも十万円二十万円の小口融資なんか、一流大学を出た偏差値七十の人間のする仕事じゃない。そんなものは、高卒のサラ金の奴《やっ》らにまかせとけばいい、ぐらいに思っている。実際、日本はこれまで、そうやって川上から川下まで、きちんと業態ごとに金融の住み分けができていたんだ」

「小口をやればもうかることが、わかっているのに？」

「ああ」

「みすみす利益機会を見逃すことになっても？」

私の矢継ぎ早の質問に、コバヤシ氏はいったん足を組み直してから答えた。

「やりたくても、もうできなくなってしまっているのさ。サラ金と銀行との間に、あまりにもノウハウの差がつきすぎて。またその方が、銀行員としてのプライドも満たされるしね」

「プライド？　旧来の銀行業が、もはや破綻《はたん》続出の衰退産業になりつつあるというのに、まだプライドですか!?」

「そう。世界の金融動向や地殻変動を知らない、井の中の蛙《かわず》的なプライドさ。三十年前の過去をいまだ引きずった、時代錯誤のプライドと言い換えてもいい」

「まさか」

私はボスを前に、ついついもらしてしまった。いくらなんでも、そこまではないんじゃないか？　せいぜい十年遅れ程度なのでは……。

そんな理解力の私に、コバヤシ氏が具体例を挙げてレクチャーした。

「ほら少し前、日本長期信用銀行が経営破綻しただろう。彼らはその時、いったいなんて言ったと思う？　都銀をはじめとする『雑金』の仕事なんか、今さらするのはまっぴらさ、と言ったんだ。雑金だよ、雑金。都銀のやってる中小企業融資や住宅ローン業務が、雑金だと公言してはばからない。ましてや無担保の小口金融なんか、どう思うかね。破綻した銀行の行員が、なおもそんな事を言っているのだから、後は推して知るべしだろう」

信じられない話だった。日本の銀行員たちのプライドが高いとは聞いていたものの、まさかそこまでとは……。

「しかしミスター・コバヤシ、現実問題として、日本はオーバーバンキングの状況なのではありませんか。つまり、既存マーケットの規模に対し、銀行の数が多すぎる。だとしたら、今までと違う分野に進出しないことには、収益力の向上など望めないわけで」

「もっともだな」

「でも、今のCEOのおっしゃり方だと、ノウハウがないだけの理由で、進出をあきらめているようでしたよ。我々は、単に指をくわえて見ているしかないような」

「いや……」

コバヤシ氏はいったん言葉を止め、一目盛りトーンを落としてから、話の核心にふれた。

「そこまで我々の本部もバカじゃないだろう。当然、その分野への進出は考えているはずだ」

「ということは、サラ金の買収かなにかを？」

「それも選択肢の一つではある。例えばＧＥキャピタルが、日本の消費者金融大手『レイク』を買収したように」

「もしそうなったとすると、さらに銀行側の余剰人員が発生して……」

「だろうな。と同時に、資金調達面から考えると、プライベート・バンキング業務の知識を持った人間を、新たに雇い入れる必要が出てくる。相対コストの安い大口客を取り込むために。つまり、さらなる人員削減と新規雇用を、いっしょにやらなくてはいけなくなるわけだ」

「行員の、ほとんど総とっかえといった感じですね」

「そしてもう一つ、考えられることといったら……」

「もう一つ？」

いちおう聞き返してはみたものの、私にも薄々、想像はついていた。

「ミスター・バトラー。我々ホライズン・ステート・グループが、死に体の旧『かみかぜ銀行』を買収した時の株価はいくらだったかね？」

「たしか、百五十円前後だったかと」

「それが今や、六百円台。これでもし、さらに八百円、千円と上がっていくようなら、君だったらどうする？」

「たぶん売るでしょうね」

「私もそう思う。ということは……」

コバヤシ氏は、メガネの奥の目をニヤリと細めた。

「なあ、バトラー君。これぞ究極の投資銀行業務と言えるかもしれないぞ。クズを安く買いたたき、価値を増してから高く売る。それができれば、株価をどれだけ高められたかにかかってくる。一方また、我々駐留部隊の評価も、株価をどれだけ高められたかにかかってくる。それができれば、莫大《ばくだい》な利益を会社にもたらした名経営者ということで、年俸も倍増。本社のCOO（最高業務責任者）入りも夢じゃない」

指摘された株価の点からすれば、一見難航しているようにも見える、現在の旧かみかぜ銀行立て直し計画も、意外とうまくいっているのかもしれなかった。

さらに他業態の買収などで新展開が図れれば、これはひょっとして大化けする可能性もなくはない。

コバヤシ氏が再度、その顔を引き締めた表情に戻した。

「いいかい、私が優秀な相棒と信ずるミスター・バトラー。我々はあらゆるタブーをぶち壊し、この国の市場を一番乗りで制覇するんだ。目の前には、太った獲物がゴロゴロしている。おいしいぞー、この国の市場は。私には金融資産を一億円以上持った客が、太った牛に見える。一千万円以上の客が太った豚、百万円以上の客が太ったニワトリに見える。

他にも、太ったヤギ、太った羊、太ったウサギ……、おいしそうな獲物のオンパレードだ。しかもこれまで長い間、大蔵省が鎖国政策をしいてくれていたおかげで、顧客も金融機関も、頭の方はからっきし赤ん坊状態とくる。知識も経験もノウハウもない。そのくせカネだけは、能のない郵貯や邦銀にしこたま溜《た》め込んでいる。そんなおいしい市場を前にして、みすみす見逃すテはないじゃないか。我々がやらなかったら、他がやるだけのことだ。どこか別の外資系金融機関が、すかさず日本の太った獲物に襲いかかる。それは明日かもしれんし、明後日かもしれん。そうならないためにもバトラー君、我々は一刻たりとも、こんな従業員のリストラごときで、グズグズしているわけにはいかないのだ！」

十一月三十日（ジョアン、カリフォルニアへ）

夜中の二時半のことだ。

私が連日の仕事疲れで、深い眠りについてると、突然ベッドサイドの電話が鳴った。

初めは無視を決め込んでいたのだが、十回を超えても鳴り止まない。

しかたなく受話器を取ると、聞こえてきたのはジョアンの母、クレア・ラッセルの声だった。

「ねえマービン、マービンいたの？」

「なんですか、こんな時間に」

妻の実の母とはいえ、私は少々不機嫌だった。

「もう遅いんです。できたら明日にしてもらえませんか」

そんなことはおかまいなしに、クレアはまくしたてた。

「マービン、たいへんなのよ、たいへん。ジョアンが……」

「ジョアンがどうしたんです？」

ちょっとしたことでも、すぐに「たいへんだ、たいへんだ」と騒ぐクレア・ラッセルだったが、今度ばかしは様子が違うようだ。その証拠にクレアの声は、やけにうわずっている。

「マービン、ジョアンが出て行くって言うのよ！」

「出て行くって、私の家を？」

「ええ。しかも子供たちまで連れて」

言ってることが、さっぱりわからなかった。そもそも私とジョアンとの間には、現状ではこれといったトラブルもなかったはずだ。

「なぜ？　だいたいどこへ行こうっていうんですか」

私が問い質《ただ》すと、クレアの声は半分泣き声に変わっていた。

「それがよくわからないのよ。カリフォルニアの、なんとかいう共同生活のコミューンで、偉大な指導者が精神を解放してくれるとか……。わあ、たいへん！　ジョアンが荷物を運び出しはじめたわ。早くしないと、あの子ほんとに出て行ってしまう！」

「ちょっと待って。お母さんは今、いったいどこにいるんですか？」

「決まってるじゃないの。あなたたちの家よ！　あっ、早くしないと、ジョアンが、ジョアンが。マービン、なんとか止めて！　あなた止めてちょうだい!!」

私は、気を取り乱しているクレア・ラッセルを落ち着かせるよう、わざとゆっくり言った。

「わかりました、お母さん。とにかく電話口に、ジョアン本人を出してください。私からきちんと話して聞かせますから」

そのまま待つこと一、二分。代わって出てきたジョアンの声は、意外にも冷静だった。

「ああ、マービン。私これから、カリフォルニアへ行くことにしたから」

「なんだよ急に。そんなこと一言も聞いてないじゃないか」

「あら、そうお？　でももう決めたの。クリスとデイビッドも連れてくわ」

「おい待て。学校はどうするんだ！」

「そんなの大丈夫よ。必要なことは私も教えるし、共同生活するみんなも教えてくれるはずだから」

「バカなこと言うもんじゃない。そもそも共同生活とは、いったいどういうことだ。なんでそんなところに行かなきゃいけないんだ！」

「自分のためよ。子供たちのためでもあるわ。昨日アンドロメダ星雲から、そうすべきだとのお告げがあったの」

「冗談もほどほどにしろ。そんなことが、社会的に許されるわけないじゃないか！」

「フーッ……」

電話の向こうからは、ジョアンの溜め息がもれてきた。

私はもしやと思い、恐る恐る尋ねた。

「ジョアン、君の本心はなんなんだい。私と離婚したい、ということなのか？」

するとジョアンは、再び大きな溜め息をもらしてから、

「ねえマービン。あなたってほんとにわかってないようね。そもそも離婚とか結婚という概念自体、なんの意味があるっていうの？」

「意味はあるに決まってるだろ。それで近代の社会秩序が保たれているんだから」

「じゃあネイティヴ（先住民族）の人たちはどう？　原始共同体に近い生活をおくっている彼らの中には、今でも結婚制度を持たないところがたくさんあるわ」

「おいおい、ちょっと待ってくれ。もともとの文化や文明が違うんだから、そんなもんは比較にならないだろう」

「あのねえマービン。だったら聞くけど、文明っていったいなに？」

「人類が長年、進歩と成長の過程で築き上げてきた、精神的かつ物質的豊かさの象徴さ。社会的英知といってもいい」

「くだらないわ」

まるで吐き捨てるようなジョアンの言い方だった。

「なんだと⁉」

「ええ、くだらない。そんな人為的で作為的な低次元の所産など、空虚以外のなにものでもないわ。精神的に意味がありそうでいて、実はなにもない。為政者に錯覚させられてるだけなのよ」

「ジョアン、じゃあ君は、現代の文明全般を否定する気かい？」

「わたしが言いたいのは、人間はもともとどこから来て、どこへ行くのかという、もっと大きくて根本的な問題よ。生命や宇宙といった、原子記号では表せない本質的な意味からはじまってね」

「カリフォルニアで共同生活をすれば、その根本的な問題が解けるというわけかい？」

「ええ、解けるわ。というより、既に解けたからこそ、わたしはそうすることに決めたんじゃない。夕べ、アンドロメダ星雲からのお告げがあったのも、そのためよ」

私たちの会話は、ますます噛《か》み合わなかった。けれど、無理してでも噛み合わせないことには、それこそ家族存亡の危機に瀕《ひん》していた。

「ジョアン、聞いてくれ。だったらそのために、クリスやデイビッドを学校へ行かせなくてもいいと言うんだな？　君の勝手な解釈のために、子供たちが犠牲になっても」

「マービン、あなたなに言ってるの」

ジョアンが冷めた声で突き放した。

「そもそも精神的に荒廃した文明社会とやらの学校で、いったいなにが学べるっていうの？　そんなの逆に不幸なことじゃない」

「どうして不幸なんだい。せめて学校で学べる機会すら与えられないことこそ、子供にとっていちばんの不幸なんじゃないのか」

「ならその結果はどうよ。揚げ句の果てが、混迷した現代の状況でしょう。オゾン層の破壊、地球の温暖化、環境ホルモン、酸性雨、犯罪、貧困……。よくなるどころか、ますます悪くなってる。とにかくわたしたちは行くわ、カリフォルニアへ。それがわたしたちにとって、解決の第一歩なんだもの。あっ、いけない、もうこんな時間」

「こんな時間って、今日行く気なのかい？」

驚いて尋ねる私に、ジョアンは平然とした口調で返した。

「そうよ。一時半にウォルマートの前で、バスが迎えにくることになってるの。それでみんなと行くわ。シオンスピッキ先生たちといっしょにね」

「お、おい！　この私はどうなる？」

「チャネリングがあれば、時空を超えていつでも交信できるんだから、なにも困らないでしょう」

「こっちは交信なんかできないんだぞ」

「まったくもう、まだわかってないの？　あなたと交信するんじゃなくて、あなたの霊と交信するのよ。じゃあ急いでるから、もう切るわね。それじゃ」

「ジョ、ジョアン。待ってくれ！」

そう叫んだ時には遅かった。既に電話は切れ、ツーツーという空しい音が、受話器から響いてくるのみだった。

それにしても、いったいどうなってしまったんだっ⁉

こんなに遠く離れたところから、私にいったい何ができるっていうんだ⁉……。

身寄りもなく、極東の地に一人放り出された私は、そのままベッドの上で頭を抱え込んでしまった。

十二月一日（新たなる決意）

クレアから突然、ジョアンがカリフォルニアへ行くとの電話がかかってきたのが七時間前。私は今、会社のオフィスにいる。

十八階の窓からは、アークヒルズやテレビ朝日などのオフィスビル群がのぞめ、眼下には、首都高速環状線のクルマの流れが、はるかかなたまで続いていた。

それはまさに、ビジネスの場と言うにふさわしい眺めだった。

時刻は午前九時、もはや街も人も活動をはじめている。そして私は、なによりそのビジネスをするために、わざわざ太平洋を超えたこの地まで来たのだった。

昨夜から私は、一睡もせずに考えた。家族のこと、仕事のこと、キャリアのこと、そして老後のこと……。

選択肢はいくつかあった。

家族を第一に考えるならば、なにはともあれ、アメリカへ帰るべきだろう。この際、仕事のことなど言っている場合じゃない。ただちにカリフォルニアへかけつけ、誠心誠意ジョアンを説得する。そして元の幸せな家庭を取り戻すため、ありとあらゆる最善の努力を尽くす……。

普通のアメリカ人だったら、百人が百人、迷わずそうしていたに違いない。ジョアンの母クレア・ラッセルをはじめ、身内の誰に聞いても、即座にそうすべきだと答えるだろう。仕事より家庭優先、会社での成功より家族の幸福が大事。それが私の国では、社会的にも当たり前だと思われているし、正しいことだと信じられてもいる。

私だって、まんざらその考え方を否定するわけじゃない。仕事で苦悶しているより、クリスやデイビッドの笑顔を見ていた方が、たしかに百万倍も楽しい。また本来、それが働く目的でもある。

現に、帰国することも三十パーセントぐらいは考えた。今のポストと収入を返上し、ビジネスマンとしてのキャリアにどれだけ傷がつこうとも、すべてを投げうってアメリカへ帰ることを……。

しかし、同時にそれは、本当のビジネスエリートのすることではないんじゃないか？　そうも思えてならなかった。

年収二十万ドル（約二千四百万円）のディレクター（次長職級）やヴァイスプレジデント（課長職級）ならいざ知らず、私はこれでも、その倍近い条件で現在のポストにある。

決して今の状態が、真の意味でのビジネスエリートだと思っているわけではないけれど、一方で、あと一歩ここで頑張れば、そのビジネスエリートへの仲間入りも夢じゃない状況にあった。そのためには、あと少し、あともう少しの実績があれば……。

日本にいる期限だって、いつまでも未来永劫《えいごう》、というんではない。あらかじめ二年と区切られていた。いや、来日してから既に半年経つので、残りはあと一年半だ。

五年も十年も、この得体の知れない国で孤軍奮闘させられるのならともかく、もはや先は見えている。その間、たった一年半の間だけ、仕事でベストを尽くせば良いだけの話なのだ。

実際、真のビジネスエリートの中には、アメリカ人だって、かなり家族に対し犠牲を強いてる人間もいる。要は、その華々しい社会的成功の陰に、不幸な部分が隠れて見えないだけだろう。

仕事人間の夫に妻が愛想を尽かし、三下り半を言い渡されてしまった者。教育を人まかせにした結果、子供がドラッグに走り、銃犯罪をはたらいてしまった者……。そんなケースは山ほどある。

現に私の知り合いの超エリート証券マンは、離婚した後もその事実を公にせず、夫婦同伴のパーティーの席では、いつも別れた妻に一回四千ドル（約四十八万円）ものカネを渡した上で、幸福円満な夫婦を演じてもらっている。

つまりはみな、裏では苦労しているのだ。年収百万ドル（約一億二千万円）のビジネスエリートとして、ハタからはうらやましく思われてしまいがちだが、けっこう見えない部分では犠牲を払い、失ったものも多かったりするわけだ。

私は正直言って、今の仕事が嫌いではなかった。

たしかに天才為替《かわせ》ディーラーでもなければ、天才証券トレーダーでもない。しかし私には、この仕事が性に合っていた。だからこそ、これまで五度の転職の都度、懲りもせず同じ金融という業界を選んできたんだろう。

ビジネスマンとしてのキャリアという面でも、今がまさに分かれ目といえた。

私ももはや四十一歳。体力だって、時々限界を感じることがある。

そんな中、次のステップにいくためには、なんとか日本でのこの仕事を成功させる必要があった。そうすれば、今のホライズン・ステート内でのステップアップも可能だし、スカウトによる他への道も開けるはずだ。

やはり私は、男として、「この程度」で終わりたくはなかった。男として、なんていう言い方は、いかにも日本人のようで嫌だけど、それでも私は、自分という人間を試す意味でも、もう一段上を目指したかった。

本当に能力があり、バランスの取れた人間なら、仕事も家庭も、共に充実させられるんだろう。現にそういう人はたくさんいるし、またそれは、私自身の理想でもある。けれど現実の私は、悲しいかな、それほど器用な人間ではなかった。どちらか一方のことに集中すれば、もう一方のことがおろそかになる。

これまでだって、いつもそう。仕事に力を入れた時は、プライベートの方がダメだったし、逆にプライベートに力を入れた時は、仕事の方がダメだった。どっちも優先しようとした時は、その両方ともがうまくいかなかった。同時に二つのことを、こなせないタイプなのだ。

そんな不器用な私としては、この際、どちらかを選択せざるを得なかった。

日本での、あと一年半の仕事をとるか、それともキャリアを捨て、アメリカへ帰るか……。

もちろんそれは、完全にどちらか一方を捨てる、という意味ではない。仮に仕事を選んだとしても、それは優先順位を期限付きで上にもってくる、というだけの話であって、家族そのものを捨ててしまうなんて、これっぽっちも思ってやしない。しかしその逆のケース、つまり当面、家族優先でいく道を選んだ場合はどうだろう。実際問題、ビジネスマンとしての私の可能性は、これでおしまいになってしまう公算が強かった。

身は一つ、どちらかをとるしかない。

私は迷い、悩んだ。いったりきたり、昨夜から同じことがもう二百遍も、さして良くない私の頭の中を交錯し続けた。

そして今、ようやく結論らしきものが出たところだ。

日本でのこの仕事は、やはり最後までやり遂げよう。あと一年半、この極東の地に踏み止まって、自分のためにも家族のためにも、全力で任務を遂行しよう。

ジョアンの件に関しては、仮に私が土日の休みを利用し、向こうへ行ったところで、とてもすぐに解決できる問題とは思えなかった。そもそもカリフォルニアのどこに、そのコミューンとやらの場所があるのかさえわからないのだ。

しかし放っておくことも、これまたできない。不倫してる身とはいいながら、それでも家族を愛しているのだから。

私は再来週のスケジュールをすべてキャンセルし、一週間ほど休暇を取ろうと思った。その時間を使ってカリフォルニアへ渡り、まず彼女の居場所をつき止める。一人でできないのなら、現地で私立探偵でもなんでも雇えばいい。

その上で、彼女を連れ戻す工作を試みよう。一週間あれば、かなりのことができるはずだ。

私は、デスクの上のインターコムに手を伸ばすと、二番のボタンを押した。

「ミズ・タケウチ。ちょっといいかな」

「はいボス、なんでしょう」

「再来週のスケジュールのことなんだが、これから私のオフィスへ来てくれないか」

「わかりました、すぐうかがいます」

スイッチを切ると、私はデスクを離れ、観葉植物の茂る窓辺へ身を移した。

外の光景は、さっきより太陽が高くなったぶん輝きを増し、いよいよ始動するビジネスの街へと表情を変えつつあった。

ここがあと一年半、自分にとっての戦場なんだ……。

既に渋滞の始まった眼下の首都高を眺めながら、私はそう自らに言い聞かせていた。

解説

―「はみ出し外資マンの邦銀買収」と横田濱夫君のこと―

舛井一仁（弁護士、大学教授）

日本の長い閉塞感《へいそく》はあと何年続くのだろうか、という暗鬱《あんうつ》たる気分に浸りながらこの国の将来を愁《うれ》いてみると、その先には沈没、破滅、瓦解《がかい》、などといった言葉しか思いつかない人も多いだろう。昨今の新聞や雑誌は構造改革なくして云々《うんぬん》、サラリーマンの自立だ云々、といったやけ気味のフレーズが目立つ。改革しなくてはいけないことは分かっていても、さあ「どっから手をつけるべかね」で後はいつもの赤チョーチンで愚痴るの図では改革なんて何年たっても起こりはしない（のではないだろうか）。

だいたい中流、平均、そこそこ派が多すぎる。政治も彼らには手をつけないだろうといった妙な安心感があった。だがこの10年、改革提言の本は数多く出版されてそこそこ売れているらしいが、読み終わっておしまいだ。そんな時代に横田は貴重な存在である。一言でいうとオオバカである。私は弁護士としてではなく、ましてや教授としてではなく、非常に私的に「オオバカドットコム」なるサークルを主宰しているのだが、そこの会長にしてもおかしくないほどのオオバカである。このサークルにはバカは入れない。オオバカでなくてはいけない。バカとオオバカの違いは何かというとこうだ。愚痴って会社を辞めるのはバカ、実名で会社批判して辞めさせられそうになっても無言で抵抗しているのがオオバカ。万が一辞める羽目になって又サラリーマンになるのがバカ、辞めてリベンジに燃え一匹狼になるのがオオバカ。辞めて前の会社を愚痴るのが小バカ、前の会社の内幕を暴露するのが中バカ、暴露して多額の印税で不動産などをこっそり買いしっかりと人生の設計を立てるのがオオバカ。愚痴りながら不倫するのはバカ、愚痴らずにしっかりと可愛《かわい》い子だけを周りにはべらすのがオオバカ。自宅の飛び込みセールス防止のための対策として「セールスお断り」と書くのはバカ、「アナコンダの子供あげます」と書くのがオオバカ。とまあこんな具合である。それでこんなカテゴリーに誰かいないかななどと口笛吹いていたら、いきなり横田がそこにいたのだ。なんてオオバカな奴《やつ》だろう。

その横田がいよいよ外資乱入の小説を書いた。すべて読み終わり俺《おれ》は思った。8割が実体験だな、と。日本酒の銘柄も例の描写もどこかで聞いたことがある。俺が喋《しゃべ》ったようなこともある。脱腸も実は俺は横田のある秘密を知っているから「ふ〜〜ん」てなモンである。しかしそれを纏《まと》め上げるのが横田らしい。この小説にはこみ入った外資による買収手続きなどといったことは書かれてない。しかし日頃アメリカ人が、それも日本人との付き合いのない奴が日本にいきなり赴任したら感じるだろう細かなことはほとんど網羅されている。私も海外ビジネスのコンサルタントを頼まれることが多いので合点がゆくことが多い。横田はいつの間にこんなことまでメモしていたのだろうか、そっちの方が不思議である。まあMBAやロースクール（法科大学院）などで教えることは教科書を読めばわかるがこういったボタンの掛け違い程度の異文化摩擦はしょっちゅう起こっている。何度説明したかわからない。これほど国際化されたといっても現実はこの程度のものだ。

日産自動車や三菱自動車などの社内の変化は結構新聞や雑誌に紹介されるのだが、今たて続けに買収攻勢をかけ捲《まく》っているリップルウッドなどの買収後の姿はなかなか目にみえてこない。ヨーロッパ人の特徴はアメリカ意識型ともいえる「自己主張的」な手法を用いることが多い。一方アメリカ型というのはビジネススクールの教科書どおりのやり方を恥ずかしげもなく用いるやり方という意味である。従って英国伝統的（上流階級が最終責任を負うノブレスオブリージュ型）な手法も結果的にはアメリカを意識しているやり方と見てよい。一方アメリカ型というのはこの主人公のように組織や権限はすべて法律にその根拠があり、その結果どうしてもマニュアル的にしか動けないグループである。彼らはこの蒸し暑い日本でも下着としてのアンダーシャツを着ることはないし、朝しっかりシャワーを浴びてミントの香り漂わせながら出勤し、教科書どおりに指揮し、日本通を思わせるような飲み方食べ方で、最後お近くのご自宅までタクシーでご帰還である。中にはホームレスに近いような生活をしていていきなり日本に赴任してエックスパットパッケージと呼ばれる住宅・家族・病院手当などをごっそり受け、さて勘違い人生のスタートですよ、といった駐在員もいる。そりゃ麻布に住み、インターナショナルスクールに子供を入れ、お産は山王病院じゃなきゃ、なんて言うバカな駐在員夫婦も後を絶たないわけである。横田の目にもこういった輩《やから》がおかしく見えたのだろう。

ところでもう銀行を辞めて長い横田がなぜ書き続けられるのか、これが当面の周囲の話題である。昔のガールフレンドに情報を仕入れさせている、本の読者からただで情報を仕入れている、本を読む（考えられないことだが）、実は汗をかきながら取材をしている（これはもっと考えられないことだが）、密《ひそ》かに外資に就職している（本名の××云々で）、実は某銀行元頭取のバカ息子である、ある銀行が密かに資金と情報援助している、大蔵官僚の売れ残りのおばばと通じている、こんなところだろう。しかし、それにしても書き続ける執念は凄《すご》いものがある。ただそれを飄々《ひょうひょう》とやり続けるところが彼のもつユーモア精神の凄さだ。もうどこまでがユーモアでどこからがまじめな人生なのか本人もわからなくなっているに違いない。

閉塞感の打破に必要なものが求められているが実は答えはこういったところにあるように思うのだ。今の日本の金融界は乱高下する飛行機に例えられる。映画のように無人パイロット室に外からアメリカの軍用機がやってきて必死に乗り移り、まんまと操縦桿《かん》を握ってしまった。客は大喜びである。行き先を告げずに機内ではシャンペンを開けて乾杯している。誰かがふと外をみたらフーセンおじさんがこちらを見てにこっと笑っている。そいつが横田だ！「どーしたどーした」と機内が大騒ぎになっていると、横田は「ぜーんぶ見たからね」、と言いつつ白い歯を見せながらまたどっかに行ってしまった。こんな状況だろうか。

残念ながら横田のはみ出しシリーズのねたは後を絶たない。しっかりと批評精神とユーモアで落とし前をつけ続けて欲しい。決して有名になったからといってお気軽対談による出版点数増加作戦には参加しないで欲しい。対談には行間がないのだ。滲《にじ》むようなユーモアこそが横田の生き様なのだからな。今後のシリーズ化を希望する内容だが、「元銀行マン清掃員は見た！」というもので、目前で起こる話に自分を登場させ、彼らに横田のせりふを吐きかけて欲しい。評論でなく、登場人物としての横田が主役になり、言いたいことを吼《ほ》えて欲しい。

著者作品リスト～（現在流通している本のみを掲載してあります。絶版・品切れは除きます）

『はみ出し銀行マンの銀行消滅』
『はみ出し銀行マンの金融崩壊』
『はみ出し銀行マンの人事考課』
『はみ出し銀行マンの倒産日記』
『はみ出し銀行マンの悪徳日記』
『はみ出し銀行マンの珍事件簿』
『はみ出し銀行マンの御子様教育』
『はみ出し銀行マンの家庭崩壊』
『はみ出し銀行マンの左遷日記』
『はみ出し銀行マンの乱闘日記』
『はみ出し銀行マンの勤番日記』（以上、角川文庫）
『あなたの子供を多重債務者にしないために』（角川書店）
『お笑い　銀行さいごの日』（テリー伊藤氏との共著、角川文庫）
『はみ出し銀行マンの「そんな会社辞めてしまえ！」』
『はみ出し銀行マンの「勝ち組」個人経済学』
『200万円から始めるお金持入門』（以上講談社）
『はみ出し銀行マンの金融㊙事情』
『はみ出し銀行マンの資産倍増論』（以上、講談社文庫）
『はみ出し銀行マンのお金の悩み相談室』（青春出版社）
『「ひとり暮らし」の人生設計』（岸本葉子氏との共著、新潮ＯＨ！文庫）
『しろうとでも一冊本が出せる24の方法』
『はみ出し銀行マンの社内犯罪ファイル』（以上、祥伝社黄金文庫）
『ゼニで死ぬ奴　生きる奴』（青木雄二氏との共著、経済界）
『はみ出し銀行マンの浅草日記』（近代文芸社）
『バラ色の㊎人生設計』（ビジネス社）
『はみ出し銀行マンの仮面生活』
『はみ出し銀行マンの恋愛日記』（以上、河出文庫）
尚、詳しくは著者ホームページ　http://www.y-hamao.comをご覧ください。

本書は、'99年4月刊のカドカワ・エンタテインメント『外資系バトラー氏の駐留日誌』を改題の上、加筆・訂正し、文庫化したものです。

はみ出《だ》し外資《がいし》マンの邦銀買収《ほうぎんばいしゅう》

横田濱夫《よこたはまお》

角川文庫 12169

平成十三年十月二十五日　初版発行

発行者——角川歴彦

発行所——株式会社角川書店
東京都千代田区富士見二—十三—三
電話　編集部（〇三）三二三八—八五五五
　　　営業部（〇三）三二三八—八五二一
〒一〇二—八一七七
振替〇〇一三〇—九—一九五二〇八

印刷・製本—e-Bookマニュファクチュアリング

装幀者——杉浦康平

よ 15-13　　ISBN4-04-196313-3　C0193

角川文庫発刊に際して

角川源義

第二次世界大戦の敗北は、軍事力の敗北であった以上に、私たちの若い文化力の敗退であった。私たちの文化が戦争に対して如何に無力であり、単なるあだ花に過ぎなかったかを、私たちは身を以て体験し痛感した。西洋近代文化の摂取にとって、明治以後八十年の歳月は決して短かすぎたとは言えない。にもかかわらず、近代文化の伝統を確立し、自由な批判と柔軟な良識に富む文化層として自らを形成することに私たちは失敗して来た。そしてこれは、各層への文化の普及滲透を任務とする出版人の責任でもあった。

一九四五年以来、私たちは再び振出しに戻り、第一歩から踏み出すことを余儀なくされた。これは大きな不幸ではあるが、反面、これまでの混沌・未熟・歪曲の中にあった我が国の文化に秩序と確たる基礎を齎らすためには絶好の機会でもある。角川書店は、このような祖国の文化的危機にあたり、微力をも顧みず再建の礎石たるべき抱負と決意とをもって出発したが、ここに創立以来の念願を果すべく角川文庫を発刊する。これまで刊行されたあらゆる全集叢書文庫類の長所と短所とを検討し、古今東西の不朽の典籍を、良心的編集のもとに、廉価に、そして書架にふさわしい美本として、多くのひとびとに提供しようとする。しかし私たちは徒らに百科全書的な知識のジレッタントを作ることを目的とせず、あくまで祖国の文化に秩序と再建への道を示し、この文庫を角川書店の栄ある事業として、今後永久に継続発展せしめ、学芸と教養との殿堂として大成せんことを期したい。多くの読書子の愛情ある忠言と支持とによって、この希望と抱負とを完遂せしめられんことを願う。

一九四九年五月三日